俳句のマナー、俳句のスタイル

井上泰至
Yasushi Inoue

本阿弥書店

目次

はじめに 7
1 デリケートな「かな」 10
2 立ち位置で変わる「や」 18
3 「や」「かな」の使いどころ 28
4 切れ字より大切な切れ 37

5 「の」のさまざま――現代俳句のポイント 46
6 「の」の極北――川端茅舎 54
7 便利な「て」の注意事項 62
8 「に」止めの可能性 71
9 昭和俳句の焦点「は」 80
10 両義的な「も」 88
11 復習をかねて――松本たかしを例に 96
12 「なり」「たり」――虚子・立子の奥義 104
13 俳句文法から調べを考える 112
14 よい字余り、悪い字余り 120
15 句またがり文体 128
16 命令形というレトリック 136
17 表現技術を超えて 144

補説

1　茶道の「月並」、俳句の「月並」　152
2　茶菓子の「あそび」、俳句のウィット　156
3　即興の「心」──茶花と「軽み」　160
4　俳句の滑稽と〈漢文脈〉　165

主要人名および作者別引用句索引　172
あとがき　180

装幀　おくむら秀樹

俳句のマナー、俳句のスタイル

井上泰至

はじめに

俳句のエッセンスとして季語・季題のことはよく言われます。それに比べて、広い意味での「文体（スタイル）」について語られる機会は、そう多くありません。ここでいう「文体」とは、切れ字や切れによって形作られる俳句独自の「構文」や、俳句が詩として成立するための「調べ」、そしてそれらの焦点となる、「助詞」「助動詞」を含みます。

あまり言われないということは、俳句を作って楽しんでいる人は、そこまで注意を払わないでいる、あるいは苦手で真剣に考えたことはない、ということでしょう。しかし、自分の詠んだ俳句を見直すときに、ここでいう「文体」への知識は必須です。

俳句「文体」の中で、問題になる点はどこか？　そのルールのようなものは、なぜ必要なのか？　ルールと見えるものが、実は法律のような厳しいものではなく、作者の裁量によるマナーのようなものであるのは、なぜか？　その知識をどのように使えば、俳句が上達するのか？　本書は、この What と Why と How を平易に説いたものです。

その意味で本書は、「第二」の俳句入門書ということになります。「二」という数字は、「二流」「二の次」「第二芸術論」という言葉の通り、否定的な含意があります。漢字単独では、「一」ばかりに光が当たって、評価の低い「二」です。そこで、俳句を引きましょう。

筍や雨粒ひとつふたつ百　　藤田湘子

今「一」番読まれている俳句入門書の、筆者の句です。「ひとつ」からいきなり「百」は無理です。しかし、「ひとつ」を経た「ふたつ」は、大いなる飛躍が可能です。「一」は誰でも通る道ですが、「二」は選択肢があって、迷わせます。そこを乗り越えた時、「百」の実りが待っています。「一」だけで済まされるわけはないのです。

本書は主に『俳壇』誌で、「俳句文法」のエッセンスを説いた連載からなっています。かなりの反響がありました。「文体」についての、公式的な知識で済ませない解説が、これまで入門書ではなされてこなかった証拠です。「二」の世界は、単純な公式に終わらず、原則を使って自分で考える必要があります。そこを説いたところが、好評の理由でした。

文法を単純な「ルール」とだけ捉えない私の姿勢にも、好意的な評価を頂きました。同じ『俳壇』令和四年三・四月号の「俳壇時評」で、仁平勝さんが、この連載を取り上げてくださいました。仁平さんは、「俳句文法は法律のようなものではない」という私の立場をさらに先鋭化した論を展開されています。文法違反の取り締まりだけが俳人の務めではない、という仁平さんの論旨には立場を同じくするものです。他方で、俳句愛好者への文法違反取り締まりは、必要な面があるというのも偽らざるところです。ただ、取り締まりは「一」の世界のことであって、ルールを覚えればいいだけのことです。そういう注意書き集はこれまでも、多く出されています。

本書は、あれかこれかという次元の「文法」ではなく、俳句をよくするための、考える手段としての「文体」を解説しています。料理やファッションと同じで、単純な公式ではなく、料理の素材や、服を着る人のスタイルに合わせた場面場面での「原則」と「応用」、つまり「マナー」は、俳句のさらなる上達に必須です。

なお、「補説」として、私の俳句観を付け加えました。インターネットサイト「セクト・ポクリット」に書いたものが下敷きになっています。「スタイル」「マナー」を、今なぜ俳句に求めるのか？　一般の方々の現状は、俳句の点数を競って楽しんだり、人生や社会の問題を俳句にぶつけたりする傾向が目立ちます。俳句の裾野を拡げる意味で、歓迎すべき現象でもありますが、なぜ俳句なのかという「問い」には無自覚な傾向もあるように感じています。「補説」は、この現状認識に対する私なりのスタンスを語ったもので、この俳句観に無理に共鳴する必要はありません。俳句の長い「伝統」から推して、俳句とはこう考えられてきた歴史があり、それを背景に「スタイル」や「マナー」が積み重ねられてきたわけです。俳句の「思想」を変え、「スタイル」や「マナー」を根底から相対化するような、そんな「活力」が出てくれれば、それは歓迎すべきことだと考えていることは、お断りしておきます。

最近私は俳句の指導をする機会に複数恵まれています。そこで入会したばかりの新人たちの何人かが、急成長したので聞いてみると、私が指導した「文体」についての「原則」と「応用」を思い出して自選していた、とのことでした。

本書を手に取られた皆さまの俳句生活が、「考える」からこそ豊かに、楽しくなる次元に至ることを願ってやみません。

1 デリケートな「かな」

月並の「秘伝」の使い方

久保田万太郎は山本健吉に向かって、かつてこう茶目っ気たっぷりに語ったといいます（『俳句の世界』「俳諧についての十八章」）。

「俳句は月並にかぎりますね」

もちろん半分は冗談です。しかし、半分は本気でもあったでしょう。子規が唾棄し、口を極めて攻撃した、江戸後期から明治にかけての月並俳諧は、「文学」「芸術」の観点からすれば、たしかに落第点しかつけられません。

子規の言う「俗宗匠」の言葉が、もっともらしく書き連ねられた俳句の心得やマニュアルには、今から見れば噴飯モノの言説が次々と噴霧器のようにまき散らされていて、むしろ笑えるくらいです。しかし、そんな無教養・無責任・無定見な独断の中にも、俳句の真実は時に語られているものです。

最近、早稲田大学の和歌文学研究者である兼築信行さんから、『蕉門俳諧極秘伝』（早稲田大学図書館雲英末雄文庫蔵）という本の存在を教えて頂きました。蕉門の秘伝を取りまとめた本といったタイトルで、「切字極秘」という項目の、こんな記事が目を引きます。

去来　一句是非分るる所也
其角　何れの哉も各切字也
支考　切字は節也
惟然　切字はうた也

この自称秘伝書によれば、芭蕉は高弟にそれぞれ別の教えを残しましたが、亡くなる直前に、なお「極秘」として「理の尽る所は自然に切る也」と言い残し、これは「秘中の秘也」と言った、ということです。支考への「極秘」とされる伝えや、芭蕉最後の「秘伝」など、所詮一般論に過ぎず、拍子抜けしてしまうほどですが、秘中の秘などと事前にアナウンスされてしまうと、意味深長な至言に思えてくるから面白いものです。

しかし、この中でもなるほどと思わされるのは、其角に伝えられたという、切れ字「かな」についての言葉です。「かな」は今でも便利に、言い換えれば無意識に使ってしまいがちですが、よく観察すると、この切れ字には複数の含意があって、奥が深いのです。「かな」の位相を弁《わきま》えて使いこなせるか否かは、確かに勘所なのです。

見得を切る「かな」

「かな」は、昭和初年の新興俳句の流れを作った、水原秋櫻子や山口誓子あたりから評判がよくありません。彼らは、切れ字を一様に嫌う傾向にありましたが、特にこれでもかこれでもかという響きを持つ「かな」を、槍玉に挙げました。例えば、映画の技法の影響を受けた誓子は、「や」「かな」は大写（クローズアップ）だから、無暗矢鱈に使うものではないと戒めています（「季節の挨拶」）。

「かな」は、直前にくる体言につながるばかりでなく、一句全体をも受け止めて、これをがっしりと支えるものです。さらに、「かな」のついた言葉は句の前半部に反響して、印象付ける力を、本来持たねばなりません。「かな」は、「なのだ」という断定と同時に、「だなあ」という一句の感情を高揚させる詠嘆もなければならないのです。

しかし、「なのだなあ」という散文に「かな」を置き換えてみれば気付くことですが、「かな」の上に何を持ってくるかは慎重に考えないと、この大げさな言葉がむなしく響くだけのことになってしまいます。会話の最後に、無差別に「なのだなあ」と付けて連発すれば、お笑いの文句になってしまいます。

秋櫻子や誓子が嫌ったのも、「かな」の様式にのみ寄りかかるばかりで、その内実のない、空虚な形式性を帯びがちな句でした。最後に型のポーズを決めて見得を切ってはみても、演技に心が伴わなければ、本人だけが様式美と思い込んでいる、無残な形骸にすぎません。「なのだなあ」俳句は、恐ろしく無様になる危険性を孕《はら》んでいます。

では、どうすれば、「かな」の内実が伴うのでしょうか？

人入つて門のこりたる暮春かな　　芝不器男

この天才肌の夭折の俳人の代表句も、当初は、

人入れて門塀《かどべい》のこる遅日かな

と詠まれていて、推敲の結果こうなった事情がわかっています。

初案の「入れて」では、擬人法が目立って「門」そのものに焦点が当たりません。「門塀」が実景なのでしょうが、「塀」は圧迫感もあるし、これが加わるとやはり「門」への集中性に欠けます。「門」というモノに焦点を当て、「たる」を付けて「余韻」を残すことで、人去りし後の寂しい「門」の実態が浮かびあがってきます。

ここまでくれば、「遅日」が捨てられた理由も明瞭です。多くの人が冬に比べて出入りした挙句の、永き一日の終りも悪くはありません。しかし、そこで安住せず「暮春」を持ってくれば、春を惜しむ心も響いて、「門」は俄《にわ》かに、春全体の締めくくりの重みを帯びて反響してきます。この時、「かな」は初めてその大げさな身振りの内実を伴ってくるのです。

「語らい」の「かな」

さて、月並作法書の挙げる「かな」の分類は、実に細かいものです。子規が亡くなった翌年の、明治三十六年に刊行された五乳人釣雪編『俳諧提要』は、当時最大の出版社博文館から出されています。昭和初年あたりまで、月並俳諧は生きていました。「かな」については、「治定」「貯心」「褒美」「嘆息」「願」「当意」「時節」「吹流《ふきながし》」「返」「てには」といった、十種に細かく分けています。

そんなに細かい意味の違いが本当にあるのか、また、そのように細分化することに意味があるのかは、大いに疑問です。マニュアルとは、初心者にも細分化して分かりやすく、自学自習できるようにするものですが、マニュアルに終始していては次のステップには進めません。むしろ、マニュアルの勘所を押さえて、マニュアルを使って人にも教えられるようになった時、一人前となるのです。所詮マニュアルとは通過点に過ぎません。

ただし、山本健吉が注目しているように、この十種の中で、「吹流」の「かな」ばかりは、マニュアルを乗り越える重要な視点を我々に与えてくれます。『俳諧提要』の解説には、「吹流の哉とはいひ流して心の残らぬかな也」とあります。軽く言い取って、あえて無造作に詠む「かな」というわけです。

枯藪をうつせる水も二月かな　　久保田万太郎

これは緊張感一杯の見得を切った「かな」とは、およそ異なります。冬の揺曳の「枯藪」を水鏡に認めながら、春の水の水量と、令月の光を「二月」にひっくるめて、「かな」で着地させています。意外な小説の展開と同様の「落ち」があり、微笑しながら「そうだよね、やはり二月だよね」と問いかける声が、この「かな」にはあります。「も」がポイントで、ここは「AもBも」といった並列の意味ではなく、『万葉集』以来の「〜でさえも」の含意が読み取れます。作例も多いのです。

波を追ふ波いそがしき二月かな
砂みちに月のしみ入る二月かな
爪とりて爪のつめたき二月かな
長羽織著て寛濶の二月かな
夕月のみるみるしろき二月かな
道のはてに荒るる海みえ二月かな
枯笹に風鳴るばかり二月かな
大船の戸塚の不二の二月かな
ひろがりしうはさの寒き二月かな
をちこちに松かぜおつる二月かな
ぺりかんのうづくまりたる二月かな

こうなると万太郎節と言ってよいものですが、これらの句に不器男のような緊張感はありません。肩の力を抜いて、談笑している雰囲気があります。

見得を切る「かな」は、誓子が言っているように、ごく稀にしか成功しませんし、ここぞという時に使ってこそ効果のあるものです。

しかし、万太郎の「かな」は、日常の中から、小さな発見をして、仲間と語らいあう気安さがあります。俳句は、この余裕の世界に、ジャンルとしての特性を見出してきた面があります。従って量産も可能です。下手をすると、先に「二月かな」と用意しておいて、上を考える安易な詠み方に流れてしまう危険性も孕んでいます。

では、万太郎の句は、無個性なパターン化をどうやって免れているのでしょう。

キー・ワードは「気配」です（恩田侑布子「けはひの文学」『星を見る人』）。「二月かな」の直前には、「切れ」が生じ、そこに省略があります。万太郎句には、風景から汲み取られた、微妙な哀感が潜んでおり、抒情が見え隠れしています。季を楽しむだけではない、うつろいを掬《すく》い取る自身の孤影が隠れています。そのとき「かな」は、涙とは無縁の、微笑を伴う侘しさがあるわけです。

万太郎の「かな」に紙数を費やしましたが、こうした余裕のある「かな」を使ったのが虚子でした。『俳句とはどんなものか』でこう書いています。

新しい句を作るのはまずこの「や」「かな」を排斥しなければならぬ、という論者がありますが、私はその説を嗤います。「や」「かな」は俳句としてもっとも進歩した、この上発達のしようがないまでに広い自由な意味を有するようになった切字でありまして、同時にまた俳句としてもっとも荘重な典雅な調子を有している切字なのであります。この間ある人がきて「や」「かな」を排斥する論者は言語の退歩を主張する論者である、と申しましたが、私はその議論に賛成します。（中略）「や」「かな」あることによって切字論は俳句とはどんなものか、の重要なる一章を占めるのであります。

2　立ち位置で変わる「や」

上五の「や」は主題の提示

前回は「かな」を取り上げたので、今回は「や」の話をしましょう。この切れ字は「かな」と違って一句の各所に顔を出すことができます。

鶯や柳のうしろ藪の前　芭蕉

上五に付く「や」は、その句のテーマを提示する働きがあります。ただし、上に来るのは季語とは限りません。

自堕落や朝飯おそき白魚鍋　尾崎紅葉

名詞がくることが多いものの、この句のように、それに限定されるものでもありません。散文ならば、主題提示には、「は」が使われますが、俳句では「や」を使って切ることで、主題をより焦点化させるとともに、俳句らしい語調を作ります。俳句は最小の文学ですから、名詞を中心にして、動詞・形容詞・形容動詞・副詞はできるだけ省略し、効果的に使うのが原則です。そこで、主に名詞につく「や」は、切ることで名詞のイメージを強調したり、日常の散文的な言葉の繋がりを断絶したりし、加えて、俳句らしい「呼吸」や「調べ」を整えます。

芭蕉の句で言えば、「鶯」に「や」を付けて、鳴く鳥である「鶯」の声の在処をまず印象づけます。次に「柳のうしろ」で姿を隠して声だけ見せ、かと思えば今度は「藪の前」に姿を現すという形で、全体としてあちこちで「鶯」の鳴く様子を提示します。読者はそれを追いかける作者の「耳」と「眼」を追体験することで、作者の居場所が見通しのよい里であることが浮かぶように仕掛けたわけです。

こうして、上五に「や」が来ると、名詞止めで終わることも多く、芭蕉の句ほど徹底していなくとも、名詞を並べた、「行きて帰る」反響の文体が生まれます。紅葉の句の場合も、冒頭「自堕落や」と置くことで、何が「自堕落」なのか謎をかけ、「朝飯おそき」と謎を残しつつ、朝寝をした「自堕落」な男の生活を示すと同時に、今度「朝飯」は何だったのか、新たな謎にすりかえ、それは簡単に作れる「白魚鍋」だったと明かします。冬ほどの緊張感はないものの、まだ寒さは残る初春の独身の生活が浮かんできます。特に「おそき」という形容詞が効果的で、「白魚鍋」との間にもわずかな「切れ」があり、遅く床から出て、昨日の残りの白魚と野菜と出汁で、手を抜いた食事を作るこの句の主人公の生活が浮かびます。

ただし、最近「や」は嫌われる傾向にあります。

今日何も彼もなにもかも春らしく　　稲畑汀子

昭和末から平成を代表するこの作者の代表句には、多く切れがありません。それは、芭蕉の句のような文体から、俳句が極限まで散文化したことを意味します。

大仏の冬日は山に移りけり　　星野立子

この虚子一門最大の閨秀作家には、既に「切れ」の消滅現象が顕在化しています。本来上五の「の」は軽い「切れ」を伴うものですが、立子のこの句の場合、もはや「切れ」はなく、なだらかに続いています。「ひねり」や「反転」はなく、単純に、しかしそれゆえにこそ、大景を捉え得ています。

俳諧から俳句が独立していく子規あたりから、この散文化は進行しますが、女性の作者によってさらに散文化が徹底されていったことは、俳句の歴史において、解き明かされるべき重要な課題として我々の前に残されています。

上と下をぶつける「や」

市中《いちなか》は物のにほひや夏の月　　凡兆

中七に置かれる「や」は、主題提示ではありません。市中には物の匂いが漂っているという事が、夏の月よりも上に有って、夏の月は上の部分に付随しているに過ぎない、と考えるのは無理筋です。そうではなくて、市中には物の匂いが漂っているという事と、夏の月とが並び立ち、お互いに補いあって、一つの情趣を成していると見るべきでしょう。

この場合の「や」は、それまでのことを一括し、下のものと対置させる役割を担っていると言えます。いわゆる「取り合わせ」を構成する「や」です。

物音は一個にひとつ秋はじめ　藤田湘子

芭蕉の「取り合わせ」を、現代俳句によみがえらせ、突き詰めた作者の、句集名の由来ともなった句です。物音ひとつひとつから、秋の寂寥を予感する句ですが、上五中七と下五は共に対峙して共鳴する象徴的表現となっています。「や」は使われてはいませんが、この句は、明らかに芭蕉の「取り合わせ」の系譜に位置するものでしょう。

湘子の結社「鷹」を引き継いだ小川軽舟さんが、師の追究した道のりを、「生前に残した男ぶりの力強い句と、二物衝撃を取り入れた画期的なメソッド」（鷹俳句会ホームページ「前主宰・藤田湘子について」）と要約していることは象徴的です。立子に発する俳句の散文化への対抗、と見ることもできるでしょう。

感嘆・音調の「や」

夏の月ごゆより出《いで》て赤坂や　　芭蕉

芥川龍之介が、芭蕉畢生の傑作とした句です。夏の月の出ている時間の短さは、なんと御油から赤坂の間を過ぎる時間に過ぎないではないか、と一応口語訳できるでしょう。東海道五十三次の中で、御油・赤坂間はわずか一・七キロ余りしかありません。両宿駅は客を取り合い、結果、赤坂は街道一の不夜城となっていたと言われます。芥川は、この句の成功を、末尾の「や」が織りなす「音調」に認めました。

芭蕉の俳諧を愛する人の耳の穴をあけぬのは残念である。もし「調べ」の美しさに全然無頓着だつたとすれば、芭蕉の俳諧の美しさも殆ど半ばしかのみこめぬであらう。俳諧は元来歌よりも「調べ」に乏しいものでもある。（中略）しかし芭蕉自身の俳諧は滅多に「調べ」を忘れたことはない。いや、時には一句の妙を「調べ」にのみ託したものさへある。（中略）これは夏の月を写すために、「御油」「赤坂」等の地名の与へる色彩の感じを用ひたものである。この手段は少しも珍らしいとは云はれぬ。寧ろ多少陳套の譏《そし》りを招きかねぬ技巧であらう。しかし耳に与へる効果は如何にも旅人の心らしい、悠々とした美しさに溢れてゐる。

（「芭蕉雑記」）

つまり、最後に置かれる「や」は、言いたいことを言ってしまった後に、音調をなす役割を担っていたわけです。くれぐれも字数が足りないからといって、付け足したような、おざなりな使い方は戒められるべきです。

「や」の古さをどう考えるか

以上、俳句における「や」の神出鬼没ぶりを確認してきたわけですが、「や」は芭蕉によって俳句の要として、鍵語の役割を帯びていったことが見えてきました。逆に言えば、「や」は俳句の「正調」であると同時に、便利に使われ過ぎて、この「音調」に既視感や悪い意味の様式性が付着してしまった傾向を認めないわけにはいきません。

突拍子もないようですが、私はここで高木東六という作曲家のことを思い出します。テレビの歌番組で審査員を務め、毎週「松島やああ松島や松島や」といった調子で、地名を変えては、ご当地を詠み上げる、お約束の俳句もどきを披露していました。しかし、よく考えてみれば、微笑ましくも他愛ないこの行為の裏には、「や」の本質は音調にあり、かつどこにでも使われ得ることを、皮肉を込めて表現していたとも取れるのです。

「や」はよほど注意しないと、俳句らしい様式美の「型」として、形骸化してしまう恐れがあります。現代の俳人で、特に中七の「や」を嫌う人は多く、先に挙げた湘子すら、目立って多いわけではありません。

しかし、「や」のこのような性格を弁えておくことは、決して無駄ではありません。「や」の姿は消えても、「や」同様の隠れた「切れ」は、上五・中七・下五の各所にあること。それに、「や」のような切れを含まない一物仕立てと、対照的な二物衝撃があること。これらが、「や」への考察から見えてきます。「や」は切ると当時に、次に何か来るという予感をもたらします。従って、下五の「や」は、予感が余韻に転じていくわけです。

雄弁なる沈黙の「や」

それでは、「や」はもはや黴の生えた表現として、切り捨ててしまうべきものなのでしょうか？　前節で紹介しましたように、虚子は、「「や」「かな」は俳句としてもっとも進歩した、この上発達のしようがないまでに広い自由な意味を有するようになった切字でありまして、同時にまた俳句としてもっとも荘重な典雅な調子を有している切字なのであります」と、「かな」と「や」こそ俳句表現の勘所だとしていました。

「や」の持つ力を、虚子はどう説明していたのでしょう？　虚子に言わせれば、切れ字の「や」、特に上五にくるものは、散文における感嘆や嗟嘆の意味を持つというより、「や」の上の名詞を強く印象付ける機能を持っているのだということになります。

虚子は、演説の冒頭を例に挙げ、時の政府を批判する時、「諸君、現政府は」とだけ述べて、しばらく黙って聴衆を見つめた方が、「現政府は、人民に対して」とすらすら語り出すより、はるかに「現政府」についての印象が焦点化して強く印象づけられることを引き合いに出しています。

ここで重要なのは、単語を投げして、しばらく沈黙するのと同じ効果が、上五の「や」にはあるのだ、としている点です。虚子は、この沈黙こそが、聴衆の想像を搔き立て、「現政府」についての様々な感情を呼び起こすことができる、とも言っています。つまり、「や」の切れとは、沈黙による「連想」の機能を持つものだというわけです。

秋風や模様のちがふ皿二つ　原　石鼎

秋風と皿に直接論理的な因果関係などありませんが、「秋風」から来る侘しいイメージが、不揃いな皿と共鳴します。極小の詩ゆえのハンディキャップを逆手に取った「沈黙」とそこからの「連想」、即ち、息を呑みこむ呼吸こそが、虚子の言う「切れ」の本質でした。

降る雪や明治は遠くなりにけり　中村草田男

こうなると「や」の切れは、映画の一場面のような効果すら感じさせます。明治は遠くへ行ってしまったという、大時代な嗟嘆に対置するには、「や」の強い沈黙が、「降る雪」の動きを際立たせ、映像のような効果すら我々にもたらします。「や」「けり」と切れ字が重なっているなどという、指摘は全く当たりません。虚子は「なりにけり」というように、「けり」に虚字がついて長くなれば、「けり」は「や」「かな」と同じ働きをすると言っています。草田男の大柄な句にあっては、むしろ、「や」「けり」は必然でした。

鰯雲人に告ぐべきことならず　加藤楸邨
ロダンの首泰山木は花得たり　角川源義

上五は名詞のみですが、「や」同様の切れ＝「沈黙」があって、一句の上と下は響き合っています。「や」の存在は、句材のイメージを極限まで広げる、音なき音を誘発する意味で、永遠のレトリックなのだと思います。現代の俳人の例も見ておさらいしておきましょう。

山茶花やいま掃かれたるごとき庭　片山由美子

散り継ぐ山茶花のイメージを強調しておいて、それがかえって庭の端正なたたずまいを強調する。芭蕉以来の正調「行きて帰る」俳句です。

立秋や机の上に何もなし　星野高士

モノでない季題を上五に持ってきて「や」を付ける方は、取り合わせの色が濃くなります。ただし、全く意外性のある「衝撃」ではありません。「季題を中心にして季題の周辺を描写した」「ありあわせ」の句（岸本尚毅『高濱虚子の百句』）の流れにあるものです。単純な季題の説明になってはいけませんが、季題を季題らしく見せていくことは大切です。ベタついた発想の凡庸なモノを持ってきては台無しですが、離れすぎても一人よがりになってしまいます。

露けしや我が真言は五七五　　西村和子

五十年俳句を詠み続けてきた果ての、音調への信仰告白の句です。稲畑汀子同様、虚子の流れを汲む女性俳人ですから、ふだん「や」を多くは使いませんが、一世一代の俳句への愛を謳いあげる時、「や」の生み出す呼吸は、かけがえのないものだったのでしょう。「露」でなく「露けし」という、感覚の勝った季題がポイントです。「露」そのものの、儚さや光でなく、静かな秋のしみじみとした夜の空気こそ、句を案じるに最適の時分なのです。もちろん、その先には珠玉の俳句と走馬灯のような俳人としての長くて短い時間も連想されるわけですが。

季題の奥深さを探求した時、「や」は必要欠くべからざる、信頼に足る俳句の足腰となるのです。この句のテーマは音調そのものだったわけですから。

3 「や」「かな」の使いどころ

説明をやめる

降る雪や明治は遠くなりにけり　　中村草田男

前節でも引いた句ですが、このように「や」「けり」は、例外的に許されても、「や」「かな」はまず許されません。なぜかと言えば、「や」と「かな」は意味や働きが似ているからです。ともに「強調」「切断」の含意があります。ただし、第1・2節でお話したように、「かな」は一句の最後に登場しますが、「や」は一句の各所に顔を出すことができます。この特性を確認した上で、実践的な添削をやってみましょう。

以下は近代俳句研究のパイオニアの一人で俳人でもあった、沼波瓊音《ぬなみけいおん》の『俳句練習法』（大正三年）の例句・解説を私なりにリライトしたものです。本書の例句の言葉づかいには、古いところもあるのですが、現代に通じるものを抽出してみました。

後《うしろ》からだしぬけに鳴く蛙《かはづ》かな

一応形は整っていますが、果たしてこの句で「かな」まで付けて強調すべきは「蛙」なのでしょうか？　たちどまって考えてみると、むしろ、「だしぬけ」がこの句のポイントですから、

だしぬけに後《うしろ》から鳴く蛙《かはづ》かな

としてみましょう。しかし、説明口調は消えません。そこで、

だしぬけに蛙《かはづ》鳴きけり我がうしろ

としてみると、突然の感が強調され、下五であたりを見回す感も出てきます。「かな」は安定の文体ですが、これに満足していては、せっかくの素材を平凡なところに停滞させてしまうケースもあります。「後から」は説明ですから、名詞止めにすることで、驚きの後の動作が想像され余韻が生まれます。「かな」に甘えてばかりではいけません。

面白し氷の上を水が行く

これでは氷の上を水が流れていくという概括的説明に、「面白し」という感想を付けただ

けとなってしまいます。水の流れ具合が面白いのでしょうから、

面白く水の流るる氷の上

と焦点化してみましょう。正岡子規は、俳句には中心点が一つ必ずあるべきだと説いていま す。しかし、下五は字余りです。そこで、考えてみると、「の上」も説明ですから、

面白く水の流るる氷かな

とすれば収まります。「流るる」とくれば、「川」や「溝」、あるいは「潮」を想像しますが、ここは「氷」であったか、という発見の〈ふるまい〉が、俳句の中心点を焦点化します。つまり、「かな」は、音調を整えるだけでなく、余計な説明を取り払い、最も強調すべき点を自覚して、読者に驚きや納得をもたらすべき時に使われるものなのです。

語感に注意して

冷奴生姜涼しく香るなり

「香る」は「冷奴」や「生姜」といった日常的な生活感のある句材に合いません。「香る」だけが浮いています。また、「なり」という漢文訓読由来の助動詞も固い口調で、ちぐはぐな感じが否めません。そこで「かな」のお出ましです。

冷奴生姜涼しき匂ひかな

「冷奴」は本来涼味の食べ物ですし、「涼し」も季語ですから、「季重なり」の重複感を指摘される向きもあるでしょう。しかし、「涼しき匂ひ」は食前の瞬間を切り取ったものですから、これで構わないのだと思います。「季重なり」が問題になるのは、重複感のあるケースであって、お互いが補いあって、一つの情趣を形成している場合、窮屈にルールに囚われるべきではない、と考えます。

名詞＋「かな」の話題に戻れば、前節で俳句は名詞中心の文学だと言いました。この改作のように、余計な言葉を名詞に置き換えた時、「かな」は重宝なものではあります。

笑ひ出しさうな顔なり昼寝人

これはありそうな場面です。ただし、「昼寝人」は一般的な表現ではありません。それに「顔なり」という固い言い方は、このユーモラスな場面の描写に似合いません。

笑ひ出しさうな顔して昼寝かな

これは、第1節でお話した「吹き流し」「語らい」の「かな」です。「昼寝」の前に強い切れは生じていません。むしろ、こう詠むと、全体に句の流れがよくなり、軽妙さが出てきます。

大蛍あたりの草葉照りわたる

これこそ説明の典型で、当たり前のことになってしまいます。「大蛍」だけで「照りわたる」ことは十分想像されますから、ここはぐっと我慢して、口をつぐまねばなりません。

大蛍そこらあたりの草葉かな

当たり前で、類句が山とありそうな情景も、省略し、匂わせることで、目新しく面白いものに思えてくる可能性が出てきます。あいまいな言葉に「かな」を付けてみせるというのも、裏技なのです。読者になぞかけをしている感じです。あなたはこの曖昧な「そこらあたりの草葉」から、何を想像しますか、と問いかけている感じです。

自転車を追ひ行く燕町はづれ

「町はづれ」といった言葉は、俳句的設定ではありますが、やや常套句の感があります。さらに、この句の場合、「町はづれ」を使ったからといって、上五・中七が生きてくるわけでもありません。むしろ、

自転車のあとを追ひ行く燕かな

でいいのではないでしょうか？　なお、「あと」は省略できるという意見もあるでしょうが、これで、燕と自転車との距離感は出てきますから、必ずしもムダな言葉と言って切り捨てるわけにもいかないでしょう。いずれにしても「かな」は一句のキモを確認させ、問いかけてみせるものなのです。

本当に「や」でよいのか？

「や」は「かな」と同じ働きを持つとは言え、「かな」ほど強い言葉ではありませんから、気軽に使える面があり、だからこそ、前節で話したように、一句のどの位置にも顔を出すことができます。しかし、本当に「や」でいいのか、吟味しなければならないケースも多々あ

ります。

冬ざれや配流の陵墓風すさぶ

これでは「冬ざれ」と「配流」以下が切れてしまってよくありません。

冬ざれの配流の陵墓風すさぶ

こうすることで、中七と下五が切れ、風のすさびが俄然きわだってきます。このような「の」に言い換え可能な「や」かどうかは、しばしば検証が必要でしょう（第5節参照）。

夕立やけろりと止んで坊主山

理屈から言えば、

夕立や止んでけろりと坊主山

となるのでしょう。こう改作して見てみると、雨が降った後だと強調しているのに、「夕立や」は全体にかかるテーマを示しますから、いささかズレる印象があります。

夕立あと一筆書きの坊主山

「夕立あと」という造語がなぜ傍題として生まれるのか、よく考えて、何でも「や」で済ますのはやめておきましょう。

葉桜や人の来さうな風が吹く
葉桜の風や誰かがくるやうな

後者は、「葉桜の風」という少し気取った表現をしていますが、これでは自分の予感ではなく、実際に葉桜の向こうから人がやってきそうに感じられます。かといって、

葉桜の風や誰かがくる予感

と答えを出してしまうのも芸がありません。その意味では前者の方が、こんな日はふっと誰かが来そうだという作者の予感を表現できそうです。「や」が付くとそれが一句の主題になります。後者は「風」に「や」を付けたため、葉桜に風がそよぐ情景が浮かんでしまいます。

このように「や」は、具象化しすぎてしまって失敗するケースもあるのです。

母の忌や朝の雪道きしきしと

季語でない言葉に「や」を付ける場合、注意が必要なケースがあります。

母の忌を朝の雪道きしきしと

「や」は一種の飛躍の言葉だけに、思いを込めるケースではかえって使わない方が効果的な場合もあります。「や」を付けたくなる特別な思いがあるのはわかりますが、むしろ普通の助詞を使うことで、母との想い出が頭に浮かんできます。この「を」の後に来るべき動詞を省略している感じが、「や」よりは効果的です。

そうじて「や」は便利な言葉だけに、「や」以外の選択はないのか注意してみることが大切です。

4　切れ字より大切な切れ

切れ字問題―昭和俳句の眼目

前節では、いささか古い大正期の例句を使って、「や」「かな」の使い方の基本を確認してみました。この問題は、かなり昔から焦点となっていた、つまり俳句の基本命題と言っても過言ではありません。

ただし、昭和になると「や」「かな」は忌避される傾向が生まれ、それを経て現代の俳句の文体はあるのですから、次にその経緯を確認する必要が出てきます。

取り合わせの名詞

山里は万歳おそし梅の花　　芭蕉

万歳とは正月を祝って歩く芸人のことですが、都会と違って、やってくるのが遅くなります。しかし、そんな山里にも春を告げる梅の花は咲いている、というわけです。この句は、「取り合わせ」の典型例と言われます。「梅の花」は形式的にも、上五・中七から独立していますが、意味の上からいっても上の部分に従属していません。

この俳句独自の発想と形式は、連句から生まれたものです。明治・大正に活躍した俳句研究の開祖の一人佐々醒雪は、こういう取り合わせは、連句の響きの付けが一句に圧縮されたものだ、として、

我庵のかきねの梅はさかりにて
　万歳おそき春の山里

という風に連句なら詠まれる形だろう、と言っています（『俳諧講演集』「俳諧の修辞」）。この修辞法こそが芭蕉時代の中でも重要な発明であった、と言えるでしょう。

昭和に入って戦前・戦後、俳諧独自の文法論を打ち立てた国語学者の山田孝雄は、この用法を「呼格」と名付けて、次のように説明しています（『俳諧文法概論』）。「呼格」とは、文中の他の語から徹底して独立し、対象または対者に呼びかける故にこの名がある、と。これは、欧州言語の古典語である、ラテン語の「呼格」からの発想だったようです。

Et tu, *Brute?*　お前もか、ブルートゥス？　（主格はBrutus）
Quo vadis, *domine?*　主よ、いずこへ行き給う？　（主格はdominus）

ただし、山田も、「梅の花」のような用法を、ラテン語の呼びかけから名付けるのは、気が引けたようで、さしあたり適当な名目もないので、「配合の呼格」としておく、と言っています。

モノに託して響かせる

山田は、こうも言っています。「呼格」とは、相手に了解を得ようとする語法ではなく、自分の考えていることの中核部分を直接提示したものだ、と。ポイントは、ラテン語のように人格に呼び掛けているのではなく、自然の一事物である「梅の花」そのものを読者に提示している点でしょう。

芭蕉のこの句は、「行きて帰る心の味」を示す典型例だとも言われます（『三冊子』）。また、こういう「梅の花」のあり方が、大正末から昭和に流行った「象徴詩」の先駆けとして注目されたこともありました。

「取り合わせ」は、その両者の関係が、浅い結びつきだったり、陳腐な連想だったりするとたちまち安易な句に流れてしまいます。むしろ、両者が独立し、時には対峙して、響き合うことで、句に清新な発見が生まれた時、成功します。

降る雪や明治は遠くなりにけり　　中村草田男

これまで何度か引いてきたこの句も、作者の自解によれば初案は「雪降るや」であったといいます。「雪降るや」と「降る雪や」との表現効果の違いは、後者が名詞一つを焦点化することで、印象が分裂せず、集中力が生まれる点にあります。

降る雪や襖をかたく人の家に　　石田波郷

この句も「降る雪や」という表現によって雪そのものへの作者の詠嘆が、下の七・五に響いてくるわけです。名詞を単独で、或いは焦点化する表現は、つきはなして客観的に風景を描くのではなく、作者の主観を強く裏うちして表現するわけです。発見の心が、名詞の取り合わせの核心です。

逆に一物仕立ては、「AがBした」「AはBである」といった日常の叙述の文体を基礎としています。取り合わせに比べて、散文化しているとも言えましょう。虚子の散文的文体が、実は連句の発句ではなく、後に続く平句から来ているのを解き明かしたのは、仁平勝さんでした（『虚子の読み方』）。

意味の「切れ」と「切れ字」の違い

昭和の俳句は、この虚子が築いた散文的文体による日常世界の俳句への反逆から始まったと言って良いでしょう。このあたりのことは、高山れおなさんの『切字と切れ』が、達者に事情を腑分けして説明しています。議論の前提として、高山さんは、切れ字と切れは本質的に異なると喝破します。

比較文学者の川本皓嗣さんの説を引きながら、

蛸壺やはかなき夢を夏の月　芭蕉

という句は、形式的には「や」という切れ字で切れているように見えますが、句の意味構造からすれば、「夢を」の「を」で切れている事実を指摘します。私なりに説明すれば、草田男らの「降る雪や」は切れ字であると同時に、二句一章の「切れ」を示していますが、芭蕉の「蛸壺」の句の「や」は語調を整える機能の色が濃く、むしろ助詞「を」こそ文章上「切れ」て、短夜の夏の月へと「連想」をさせていくための、「断絶」の役割を果たしていると言えましょう。

「や」をつければ、なんでも「切れ」ると考えるのは、素朴で雑な思考なのです。むしろ、語調を整える「や」は、「蛸壺」全体を提示して、句の最後にもう一度ここへ戻ってくるような「結ぶ」働きを持っていると、高山さんは指摘します。ともかく、切れ字の位置と、意味上の句切れとは必ずしも一致しないというのが、重要な指摘です。

散文化の中の「切れ」

さて、話は現代に移ります。大きく言って、近代にいたって俳句が連句から独立すると、俳句の散文化という流れをとどめることは容易ではありませんでした。虚子の一物仕立てはまさにその典型例だったわけですが、昭和に入ると、さらに散文化を推し進める方向性と、それに抗う動きとの対立が鮮明になってきます。

芭蕉の取り合わせや、切れ字の効用を強調したのは、山本健吉でした。彼は、山口誓子らに始まる新興俳句を散文化ととらえ、昭和二〇年代、芭蕉以来の俳句独自の古典的形式を現代に生かすことを主張しました。健吉は実作者ではないので、彼の理論の実践は、改造社版『俳句研究』以来の仲間であり、同志である、中村草田男・加藤楸邨・石田波郷でした。

鰯雲人に告ぐべきことならず　加藤楸邨
花ちるや瑞々しきは出羽の国　石田波郷

草田男は前に述べましたから、残りの二人に絞りました。楸邨は芭蕉の研究家でもあり、俳文学者の尾形仂とは提携関係にありました。波郷は、健吉と肝胆相照らす仲で、切れ字と韻文精神の喧伝者でした。

対する山口誓子に始まる、モダンな散文化を継承したのが、鷹羽狩行氏でした。『俳句の

たのしさ』では、

獅子舞は入日の富士に手をかざす　水原秋櫻子
日輪は胡桃の花にぶらさがる　山口青邨

などを挙げて、この二句の「は」は、古典句における「や」の近代版としての、日常語由来の「は」なのだ、と指摘しています。秋櫻子・誓子らモダンな先輩俳人たちは、「や」「かな」の「古さ」「陳腐」を振り払うことを主張しましたが、その意味で狩行は、二人の正嫡と言えましょう。

このように散文化がいきわたってくると、切れ字の使用は後景に退き、リズムとしての「切れ」の問題がせりあがってきます。

炎天の遠き帆やわがこころの帆　山口誓子

中七は「遠き帆や」といったん切っておいて、下五とは「わがこころ」と意味上でつながる、句またがりになっています。流れるように、かつ勢いを感じさせるリズムを作っています。この「や」はもはや、二句一章という機能のみを負ってはいません。「炎天の遠き帆」という景と、「わがこころの帆」という情を、対句とした語調を優先した「や」と言えましょう。

たとえば、この句を、

炎天や遠き帆はわがこころの帆

としてみたらどうでしょう？　これでは、「遠き帆」はたちまち陳腐な擬人化の下五にからめとられる構造になってしまいます。さらに、「わがこころの帆」へつながる句またがりの効果も、半減してしまいます。

「炎天の」で軽く前提の状況を提示しつつ、「遠き帆」の景に焦点を当てるべく、「帆」の下に「や」が置かれたわけです。さらに「帆や」と中七の真ん中で切れを行うことで、句またがりのリズムが強調されます。

俳句には意味のリズムと、形式上の言葉のリズムがあります。「わがこころの帆」は、五七五のリズムの上では、またがっているため、「わが」が浮いて強調されます。「遠き」帆は、心象の「帆」となるわけです。

しかし、意味上は「わがこころの帆」で一続きですから、前半の「炎天の遠き帆」と一対になって、句を自然に着地させてもいます。

俳句が散文化するということは、口語化することとほぼ同義です。口語は文語に比べて、冗長になる傾向があります。破調や句またがりが生まれやすくなるわけです。その時、五七五のリズムを、句またがりでずらしつつ、「や」を使って、俳句固有の伝統的なリズムに落ち着かせる。

このバランスが戦中から戦後にかけての誓子の「進化」であり、鷹羽狩行氏はそのあたりを十分意識した、理知的な作風を開拓していったのでしょう。文語と口語の鬩ぎあいをどう落ち着かせるのか？　切れ字と切れをめぐる考察は、こういう現代俳句の地平を、明らかにするものであってこそ意義があるのだと思います。

5 「の」のさまざま――現代俳句のポイント

「や」に代わる「の」

蛍火の今宵の闇の美しき　高濱虚子
立秋の雲の動きのなつかしき　同

全く同じ句型の俳句を引きました。「の」を畳みかけ、形容詞の連体形で止める形です。引用してみて、自ずと湧いてくるのは、

①なぜ上五を「や」でなく「の」にしたのか？
②「の」を連続させる効果は何か？
③なぜ、形容詞を終止形でなく、連体形で終えるのか？

といった疑問です。

まず、①から解説していきましょう。上五は、いずれも季語です。一句全体のテーマとなりますが、「や」で切って効果的な場合と、そうでない場合があります。

「や」は上に来る言葉を切って、焦点を当てる言葉ですから、上五とそれ以下が内容的にも切断している場合、効果的ですが、そうではない場合、「の」「へ」「に」など日常の散文的な助詞を使った方が有効です。特に、「の」は散文的になり過ぎない点で、重宝です。

虚子の句でいえば、「蛍火」と「闇」、「立秋」と「雲」は内容的につながっていますし、「や」でバッサリ切るよりも、「の」で軽く切っておいて、季語と内容的に関連するモノに題材を絞っていく効果があります。最近岸本尚毅さんが指摘する、季題をそれらしくみせる詠み方(『高濱虚子の百句』)の実践例です。

繰り返す「の」の焦点化

こうしてみてくると、「の」を畳みかけるのも、さらに焦点を絞っていく、求心的な効果があることに気付かされます。それから、さらに、それからという呼吸を生み出しています。こうして「闇」や「動き」に焦点が当てられますが、これらの言葉は単独では実に曖昧な意味しか持ちません。「の」を連続させることで、明確なイメージを初めて持ち得るものだったことに気付かされます。これは短歌の例ですが、畳みかける「の」の極北と言えます。

ゆく秋の大和の国の薬師寺の
塔の上なる一ひらの雲　　佐佐木信綱

大景から一つの雲へとカメラがズームしていくようです。秋の終わり、奈良、その中の薬師寺、さらにその薬師寺の東塔、その塔を見上げれば、一片の雲と、繰り返される「の」のリズムと共に、作者の目と読者の目が一体化していきます。

「の」は一物仕立てと相性がいい

最後に、なぜ形容詞を連体形で止めるのかという問題についての回答は、こうです。連体形にすれば、終止形より切れが強くなり、感嘆する響きが生まれます。上五・中七で、モノのイメージを求心的に提示しておいて、なんと美しいことよ、なんとも懐かしい気持ちにさせられる、と落ちを付けているわけです。俳句において、形容詞の使い方は一種の賭けです。本来俳句は、結論である感情表現を言表しないで、読者に言外に伝えるものです。芭蕉も「言ひおほせて何かある」(『去来抄』)と言っています。

そこをあえて形容詞を使う場合、そこまで本音を強調することが効果的な場合に限られます。そして、上五を「の」で軽く切っているに過ぎないので、ラストの形容詞の連体止めが利いてくるわけです。

以上を総括すると、「の」は「や」に代わる機能を持つと同時に、「や」を使った俳句のような取り合わせでなく、一物仕立ての文体として使いよいものだったことが見えてきます。一物仕立て文体の創始者である虚子を引いた理由はそこにありました。

「が」に代わる「の」

あくまで文語の用法ですが、「の」には「が」と同じ、上の言葉が主語であることを示す場合もあります。文語を使う俳句の場合、主語を示す助詞として、「は」「が」「の」が想定されるわけですが、「は」は区別や主題提示の含意があるので、今は措いて、「が」と「の」に絞って考えていきましょう。

若鮎の二手になりて上りけり　　正岡子規

この句はなぜ「が」を使わないかと言えば、散文的な印象を伴うからでしょう。濁音は音の響きがごつごつしていて、伝統的な日本語の調べの観点からは、ノイズの扱いをされがちです。

颱風が残してゆきし変なもの　　櫂　未知子

逆にこの句の場合、「変なもの」という口語体で、一句がまとめられているわけですから、文語調の主格の「の」は似合わないでしょう。「颱風」という古風な標記とは、メリハリをつけているにしても、です。

なお、子規句の「の」は、主格の機能だけ有しているのではありません。先に述べたように、「の」は軽い切れを伴う場合があります。子規の句でも、主語の意味と同時に、さりげなく一呼吸おいて、軽く「若鮎」を主題化し、中七以降にその主題を展開していく働きを合せ持っています。

繰り返せる利点

店の灯の照らす限りの緑雨かな　　西村和子

この句は、これまでの説明のまとめに適しています。「の」が畳みかけられて、一つの調べをなして、緑雨を焦点化していきますが、「灯の」の「の」は、主格の「の」で、ここに一呼吸あります。もちろん、リズムの上からも、「かな」止めの伝統的な型からも、「が」でなく、「の」で詠まれるべきです。

「緑雨」は、本来明るい雨です。ところがこの句は、「灯」と言っていますから、夜のようです。珍しい「緑雨」の句ではあります。しかし、こう詠まれると、店から漏れる灯りが照らす範囲で、「緑雨」はやはり瑞々しく、明るいのです。

この発見を支えるのが、「限りの」という言い回しです。これは限定の意味だけではありません。「力の限り戦う」とか、「君がここにいる限り付き合おう」といった例を想起すれば、

「限り」は、ただの限定のみならず、その範囲内では精一杯という含意を持つ場合があります。

「灯」によって照らされた範囲内というだけでなく、夜の灯りを受けてその中では、やはり「緑雨」は「緑雨」らしく光りを放って、瑞々しいという「発見」が、こちらに伝わってきます。この時、「灯の」と「照らす限りの」の照応は、「緑雨」という季題にそいながら、その新たな面をまた一ページ加えたことになるでしょう。「の」の多様な働きを駆使した句と言えます。

ここに至って、「の」は反復を許された、数少ない助詞であることが見えてきます。「て」「に」「を」「は」「が」「へ」と一文字の助詞を思い浮かべて見ると分かりますが、これまで述べて来たような反復は、「の」以外ではまず不可能です。

「の」は多様な機能を持ちながら、それを一句の中で繰り返し使えて、調べを作り出していけることが、最も重要な性格であることを確認できました。

反復のさまざま

「の」の反復には、これまた様々なパターンがあって、興味は尽きません。

あはれ子の夜寒の床の引けば寄る　　中村汀女

この句の場合、「子の」は最後の「寄る」と対応するので、一応主格と見ることは可能です。ただし、主語と述語の間に「夜寒の床の引けば」が挿入されたような形になっていますから、「が」で明示するようなあからさまな主格ではありません。

夜寒が身に染みる中で、子どもたちと同じ部屋で眠りについていた作者は、隣りで眠る子供の布団が少し離れた位置にあるのに気づき、「寒いのではないか」と気になりました。そこで思わず子どもを自分のもとに近づけるために布団ごと引き寄せました。思っていたよりも布団も子供も軽く、すっと引き寄せることができ、その軽さにはっとしたのでしょう。短い「寄る」の言い切りは、そういう呼吸を言い表しています。

「の」の繰り返しは、なだらかな調べを成して、母親の細やかな愛情をそこに載せています。そして、冒頭の「あはれ」の心を読者も受け取ることになります。やはり、繰り返す「の」の焦点化が、布団の軽さに集約されています。

この庭の遅日の石のいつまでも　虚子

春分を過ぎて日が暮れるのが遅くなるのが感じられるようになる頃、庭石の影がいつまでも見えているわけです。「遅日の石の」と「石」を主語にすることで、ただでさえ焦点が当てられているわけですが、「の」の繰り返しもそれを誘導しています。

「いつまでも」は普通なら曖昧で、焦点の当たらない表現ですが、「遅日の石」という季題のイメージを持った主語に焦点が当てられたおかげで、リアリティーが備わってきます。

「の」の繰り返しは、ともすれば一本調子になりがちです。抒情を本質とする短歌ならそれもいいですが、俳句は「ひねる」余裕が大切ですから、「いつまでも」という、少し笑いを帯びたこの言葉が挟まれることで、単純な調べをはずしながら、「遅日の石」への作者の感じを読者に味読させることに成功しています。

さらに言えば、周到な虚子は、単なる「の」のリフレインをやっているのではありません。「この庭」というのは、視界の範囲を示しています。西村和子さんの「照らす限りの」と同様ですが、虚子の方は、実にさりげないやり方です。

また、「この」は助詞ではありませんが、「の」の繰り返しの呼び出しともなっています。「この庭」には、じっと動かない落ち着いた時間が流れていますが、外はそうではない。西村さんの「限りの」も同様ですが、さりげない対比をやって、今ここの空間の詩情の世界を際立たせる、実に心にくい気遣いが、見て取れるわけです。

6 「の」の極北――川端茅舎

絶望が生む情熱

昭和の俳句は、通例4S（水原秋櫻子・山口誓子・高野素十・阿波野青畝）から語り出されます。確かに青畝を除いて一種のエリートである彼らの個性や試みは、表現と作品世界の両面から俳句の幅を大いに拡げました。しかし、俳句の詩としての結晶度という点から見れば、川端茅舎・松本たかしという虚子の愛弟子を挙げるべきでしょう。二人は日本画や能楽の家に生まれ、その道を志しながら、病によって芸道を諦め、俳句に残余の生を燃焼させました。

遥かなる岩のはざまに独り居て
　人目思はで物思はばや　　西行

昭和初年、萩原朔太郎が激賞した和歌です（『恋愛名歌集』）。出家遁世しつつ、心に秘めた恋の熱情を、人目を避けて燃やす。こういう現実に絶望し、脳内で愛を結晶させる歌の良さを説明するのは難しいものです。

大学院生時代、二十歳は年上のシスターと同じゼミ生だった体験を思い出します。お互い信頼して話せる関係になってから、隙を衝いて「どうしてシスターになられたのですか？」と聞いてみると、「若い頃大切な男性を急に病気で失って」とだけ返ってきました。

そう、絶望こそ究極の純愛を育むのです。戦争が現実となった戦前、中世和歌・中世文学が流行する一因もここにあるでしょう。病による絶望もまた同様です。本来の芸道では発揮できなかった美の追求を、俳句という絶望的に短い形式であるが故に、逆説的になしうる――。そのことを、茅舎やたかしは実践していきました。彼らは、4S以上に戦争という不幸な時代を代表する俳人だったのです。

今回は、特に詩の結晶度から高く評価される茅舎の表現に注目してみましょう。

象徴の「の」

時雨来と水無瀬の音を聴きにけり　　川端茅舎

茅舎が自分の詩世界へと飛躍する契機となったのが、京都東福寺正覚庵を中心とした京阪への旅でした。特に「時雨」の句は多く、江戸っ子の茅舎にとって、京阪の時雨は感慨ひとしおであったようです。水無瀬は中世和歌のエッセンス『新古今和歌集』の成立の主役だった後鳥羽院の離宮がありました。古く『古今和歌集』にはこうあります。

言に出でて言はぬばかりぞ水無瀬川
下に通ひて恋しきものを　　紀友則

つまり、茅舎の言う「水無瀬の音」とは、何らかの事情で発言を憚られるが故に、却って思いが膨れ、それが詩の契機となる「心の音」でした。この時、「の」は「音」の所属を表すのみならず、「水無瀬」という地名とそこから詩を生んできた、古典世界の「心」をシンボリックに集約する働きをなしています。「時雨」の侘しさ、という一種の「絶望」から聞き取ったとも言えるでしょう。

山田孝雄は『俳諧文法概論』の中で、所属を表す「AのB」という表現は、Aが重い場合とBが重い場合の二つがあると言って前者には、

西行の庵もあらん花の庭　芭蕉
義朝の心に似たり秋の風　同

といった固有名詞のついた「の」を挙げていますが、これらも同様に西行や源義朝が、過去の文学でどう表現し、あるいはされてきたかを集約したものとなっています。茅舎の「の」は、古典に出会い、これを礼賛し、心の友とする意味での「象徴」を示すものでした。古典との語らいの「の」と言い換えてもいいでしょう。

二重の寓意を示す「の」

白露に阿吽の旭さしにけり　　茅舎

昭和五年十一月、『ホトトギス』雑詠選巻頭を飾った俳句開眼の作として知られるものです。先に見た象徴の「の」が一句の眼目となっています。

「阿」の音と「吽」の音は、仏典にさかのぼる古代インド語です。「阿」は口を開いて出す最初の音、「吽」は口を閉じて出す最後の音をいいます。密教で「阿」は万物の原因（理）を指し、「吽」は万物の結果（智）を意味するとされます。寺の門や神社にある仁王や獅子、狛犬《こまいぬ》などは、この「阿吽」を表して象られているわけです。

日本画を本分とした茅舎は、白露に差す朝日に「阿吽」を見出したといえば、それだけのことになってしまいますが、だからこそ、この「の」が単なる比喩に終わってしまうならば、ただの観念的な月並に堕してしまいます。しかし、この「の」はそんな皮相なものでは決してありません。むしろ、「露」の両義性を象徴する重要な役割を担っているのです。

「露」は『万葉集』以来、和歌で多く詠まれてきました。日に当たるとたちまちはかなく消えることから、「露の命」や「露と等しき身」といったように、人の命や世のはかなさの喩えとして常套化していました。さらに進んで涙を指すようにもなります。

一方、その形状から「珠」「玉」に見立てる発想も早くから現れています。『枕草子（一一五段)』では、「あはれなるもの……秋深き庭の浅茅に、露のいろいろ、珠のやうにて置きたる」と描出されています。現実を見極める清少納言ならではの観察と言えましょう。

つまり、「露」は一方ではかなきものながら、他方で珠玉の永遠を一瞬象るものでもあるのです。この露の両義性を集約して浮かび上がらせるのが「旭」です。その鮮やかな光があってこそ、「露」は「珠玉」として結晶しますが、同時にその光によって跡形もなく消えていくものでもあるわけです。まさに「阿吽」の呼吸と言ってよいでしょう。

茅舎の「の」は単純な比喩を遥かに超えたものでした。存在の孕む矛盾と、そうであるがゆえに一瞬の美を結晶させる「旭」の斬りこみをつかみ取った含みをもたせたものであったのです。

この「露」の発見から、茅舎一世一代の名句、

金剛の露ひとつぶや石の上　茅舎

までの距離は、ごくわずかだと言うことが見えてきたのではないでしょうか。

茅舎の視線が画家の凝視から病者のそれへと転化して、己が不安定で無常なものであることを自覚するほど、偶然に出会った静物が、逆説的に確固とした運命的なものに見えてきたのだ、と言い当てたのは、山本健吉でした(『現代俳句』)。「露」を「金剛」と評する背景には、先の句で確認した、「露」の二重性への発見があったことはもはや誰の眼にも明らかで

しょう。この時、「の」は単なる比喩を遥かに超えて、「露」という劇的に矛盾をはらんだ存在の二重性を暗示するものとなっています。

俳句は寓意の詩

山本健吉は「純粋俳句」で、フランスの哲学者アランの言葉を引いて、俳句は寓意の詩だと定義しました。そのアランによれば、「寓意」とはデッサンのことであり、「デッサンの線は対象の模倣の線ではなく、むしろ形を把握し、表現する身振りのあとかたなのである」(『芸術論集』)としています。これが健吉の写生論、すなわち事実そのままの模倣ではなく、事実から本質をつかんだ表現の「あとかた」「痕跡」だという発想へと影響していきます(拙稿「山本健吉の歳月①」『俳句』令和五年新年号)。

健吉は己れの俳句論の典型例として、茅舎の金剛の句を引き、「茅舎は比喩の天才と言われているが、それはありきたりのものではない。人には見えぬものを見る心眼が彼に比喩を吐かせる」のであると言います。茅舎が掬い取った、はかなくも一瞬の緊張を孕んで確固とある「露」は、「金剛の」という茅舎の「心眼」を形にしてみせる「デッサン」によって我々の心にも再生するわけです。

もちろん、これだけではありません。

一枚の餅のごとくに雪残る　茅舎

「一枚の」という把握が、「餅」の比喩をより的確にしています。

春宵や光り輝く菓子の塔　茅舎

「光り輝く菓子の塔」とは、『川端茅舎句集』では前後に〈春暁や先づ釈迦牟尼に茶湯して〉〈春昼や人形を愛づる観世音〉〈春の夜や寝れば恋しき観世音〉などとあって、寺仏へのお供え物かと想像されます。堂内には蝋燭の灯りがあったにしても、「光り輝く」とは、仏の真理や慈悲の光を意識した、茅舎の主観を反映したものでしょう。「菓子」を仏塔に喩えるのは、仏の世界への讃仰が込められたもので、その含意が「の」にはあります。

ぜんまいののの字ばかりの寂光土　茅舎

「の」の繰り返しが、その文字を絵として認識する見方を展開して、春を極楽に喩える句を一枚の絵にしています。

鶯の声澄む天の青磁かな　茅舎

直接的な比喩の「の」ではないですが、鶯の声が美しく天に響くありさまを、「の」で集約して「青磁」と詠み留めています。これも広い意味での比喩と言えるでしょう。

茅舎は、「のやうに」「如くに」「似たり」といった、比喩としての認識も露わな身振りを形容しない方が多いのです。むしろ、「私はそう認識した」ということを言葉少なに「の」に集約してしまうことで、逆に表現に緊張度が生まれてきます。

多様な在り方を一言に

比喩と一言でいいますが、内実は多種多様です。ここで取り上げた茅舎の「の」は単純な比喩ではありません。芭蕉は「義朝の心」と詠んでみせた時、父や弟たちを合戦で敵に回し、朝廷の命令とはいえ、敗者である彼らを自ら処刑しなければならなかった悲劇をそこに込めました。茅舎の「の」も同様に、喩えられる対象の、多様な在り方を一気にまとめてしまう、密度の濃いものなのです。

7　便利な「て」の注意事項

散文化しやすい「て」

俳句や和歌でポイントとなる助詞を、伝統的に「てにをは」とか「てには」と言い習わしてきました。伝授の一種だった時代もあります。「て」はその筆頭に挙げられるほど、用法は複数あり、まず弁えておくべき助詞でした。俳句における「て」について、語るべき用法は、大きくわけて三つあります。

特に注意すべきは、「て」による散文化です。句集を対象としたある俳句賞の選考会で、「て」を無造作に頻出させる句集を評して、選考委員から厳しい言葉が投げかけられていたことが忘れられません。それだけ「て」は便利な助詞ですから、よけいに神経を使う必要があります。

単純な接続

牡丹散て打重りぬ二三片　　蕪村

何が、どうして、どうなったの形で下に係っていく文体です。「て」は日常語としても使いますし、散文的になりがちです。なので「て」を使う必然性には、敏感であるべきでしょう。蕪村句の場合、字余りで漢文口調である点が、下五の「二三片」と呼応していますし、「て」でひと呼吸おくことで、牡丹の花びらの散った有様の導入になっています。

春ひとり槍投げて槍に歩み寄る　　能村登四郎

字余りの中でも特にいけないと言われる「中八」を、堂々とやっています。しかし、この句は「槍投げ槍に」ではいけません。あえて「て」を入れ、ひと呼吸を置くことで、投げた槍に歩み寄る主人公に焦点があたります。「槍」の繰り返しが独自のリズムを作っており、中八も気になりません。

単純な接続の「て」でもうひとつ注意しておくべきは、倒置法です。蕪村句のような用法より、倒置法になっている「て」を使えるようになることの方が大切です。

眉上げて吉祥天女春の絵馬　　後藤比奈夫

日常の文章で言えば、春の絵馬の吉祥天女が眉を上げていたというところを、言葉の順序を変えたわけです。これは俳句の基本です。まず眉に注目させておいて、それは誰のかと言えば吉祥天女の救済の柔和な表情であり、最後に絵馬に漂う春の気分で落着したわけです。この時「眉上げし」「眉上げぬ」「眉上げる」などと言わず、「て」を使ったのは何故かというと、明確な切れを避けることで三段切れを逃れたわけです。「て」の継続のニュアンスは、無造作に使うと何が何してどうなったとなってしまいますが、その散文性を逆手に取れば、単純に五・七・五を同じ調子で切ってしまうリズムにアクセントをつけることができるわけです。モノは使いようということですね。

逆接の「て」

面白てやがてかなしき鵜ぶね哉　　芭蕉

この句も蕪村句同様、字余りになっている点は注意されます。厳密に言えば、逆接には訳せませんが、「て」の前と後が、逆のベクトルの意味になっているケースです。

蝌蚪生れて未だ覚めざる彼岸かな　　松本たかし

芭蕉の言う「行きて帰る」パターンですが、「て」で軽く切ることで「間」が生まれ、「ではあるがしかし」という響きを持たせています。逆接という理屈っぽい言葉をむき出しにしない工夫が、この用法の「て」にはあります。

糸瓜咲て痰のつまりし佛かな　　正岡子規

有名な絶筆三句の、しかも真ん中に据えられた句です。子規もまずこの句から揮毫しました。肺を病むと痰がたまります。その痰が喉に詰まって息絶えた「佛」となってしまった。子規は、わが身をすでに死者として突き放し、眺めています。

「糸瓜」は、ただ季感を表示するだけのものではありません。糸瓜の茎から採取する水には、痰をきる薬効がある、といわれていました。現に子規庵では、「小楽地」と子規が名付けた小庭に糸瓜が栽培され、黄色い花をつけていました。つまり、「糸瓜咲て」は、散文的に説明すれば「糸瓜が咲いたのに」という逆接の意味が含まれているわけです。やはり上五の字余りには、逆接の「て」によって、軽いイロニーがほどこされ、間に合わなかったという含意が、滑稽味を醸し出しています。

原因・理由の「て」

叱られて姉は二階へ柚子の花　　鷹羽狩行

これは季語の「柚子の花」に、感情や物語を集約させた句です。「ので」としてしまうと、理屈が前面に出ますから、やはり「て」のさりげなさがいいわけです。そして上五・中七で状況を提示し終えて、大きく切って「柚子の花」を焦点化していきます。姉は叱られて二階へ行ったという日常の構文が倒置されて、叱られるという事件に焦点を当てているのですが、「て」で表現される程度の叱られ加減が漂ってもきます。大事件ではないわけです。

柚子の花、あるいは柚《ゆ》の花は、初夏から梅雨どきに、白色で五弁の芳香を放つ小花を言います。姉の余韻を芳香に託したわけです。おのずと姉を気遣う作者の思いも伝わってきます。あるいは、柚子の木が枝に棘をもつことも、伏線として込められていたかも知れません。

山路来て何やらゆかしすみれ草　　芭蕉

「ゆかし」で切れていますから、上五は「来て」と連続する感じで三段切れの単調さを逃れました。さらに「て」で旅の経過と状況を示して、「その結果」というニュアンスをもたせ、「何やらゆかし」と主観を提示したわけです。

群れ咲いて二人静といふは嘘　　高木晴子

これは逆接の意味と理由の意味との合わせ技とも言えます。逆接や原因・理由の用法は、ともすると理屈に流れがちですから、句意や下五の着地点にはこれくらいのウイットがないといけません。

「て」止め

最後に一句を「て」で終える用法について、考えておきましょう。

辛崎の松は花より朧にて　　芭蕉

この句は初案では「唐崎の松は小町が身の朧」でした。朧にかすむ老松を、年衰えた小野小町になぞらえたものです。その後芭蕉は、本来「朧」であるはずの「花」より「松」の方が、「朧」だと詠みかえたわけです。「かな」などの切れ字を用いないで、湖水が朦朧とした実感をだすのに、「にて」と柔らかく詠み止めて、巧みに余情の効果を出しています。主題も「朧」なら、文体も朧げです。『去来抄』で、「にて」留めの議論がされた時に載る句で、なぜ「哉」にしなかったのかという問いに、芭蕉は「我はただ花より松の朧にて面白かりしのみなり」と答えたといいます。

朧夜や男女行きかひ〳〵て　　高濱虚子

虚子も芭蕉の「辛崎」の句は意識したでしょう。ただし、ここは恋人たちの「行きかひ」を持ってきて、「艶」を添えました。昭和十四年あたりから、昭和二十年代いっぱいまで、虚子の句には「て」止めが目立ちます。

崖ぞひの暗き小部屋が涼しくて　虚子
母を呼ぶ娘や高原の秋澄みて　同
親心静かに落葉見てをりて　同
冬ぬくし老の心も華やぎて　同

形容詞・動詞・補助動詞について、さまざまな「て」止めをやり出したのは、このころ勉強会をしていた芭蕉一座の連句に学んだのかもしれません。「て」止めは、連句の第三句に基本的に詠まれるなど、散文的な平句（連句における最初の句である発句以外の句）に見られるものでした。

連句の巻頭にくる「発句」と、一句のみ切り離された近代「俳句」は、別物です。「発句」は、絵巻物のように続く連句の巻頭を印象的に始める必要があり、「や」「かな」「けり」の切れ字や切れを必須としました。そして、その後の「平句」では、自然世界ばかりでなく、小説にもなるような、恋の世界、死の世界、戦争の世界、宗教の世界など散文的な内容を詠むことが許され、文体も「て」止めのようなものが多くあったわけです。

第4節でも触れたように、連句から独立した近代俳句には、大きく分けて二つの立場があります。旧来の「発句」の伝統を大切にする、「切れ」を重視する立場で、石田波郷はその極北と言えます。中村草田男や加藤楸邨といった同じ人間探求派には、その傾向が濃厚です。対して、近代の文章の口語化に伴い、旧来の切れ字を忌避する行き方もあったわけで、新興俳句のリーダーであった山口誓子はそのパイオニアでした。

虚子はその中間地点にいます。連句の中の「平句」から、俳句に転用できるものは使っていったわけです。この点は、仁平勝さんの『虚子の読み方』に詳しいのですが、虚子の句には「切れ」がなく、あるいはかなり減少し、連句の「平句」が「発句」を侵食し、解体した有様を、豊富な実例を挙げて証明されています。

これは連句の「解体」であると同時に、俳句の「建設」でもあった、と思います。「て」止めの文体も、誓子のような徹底した散文化を避けて、軽く日常を詠み止めていく文体の開発をした、とでも言ったらいいでしょうか。その証拠に、誓子の文体は誓子一人の芸であって、継承者は多くありません。鷹羽狩行氏のように、文体史を見渡しながら、散文化と詩の間を調整する後継者は生まれましたが。

一方虚子の開発した、「ありにけり」や「て」止め、「といふ」「とは」といった引用・比喩の文体は、様式として伝統派の中に生きています（井上・堀切克洋『俳句がよくわかる文法講座』第3章）。虚子は、作家であると同時に教育者を兼ねていました。俳句を一気に口語詩や連作短歌に近づけることなく、江戸俳諧の伝統の中にあった材料から、散文化した近代俳句を俳句らしくする文体の開発と教育に努めたわけです。
「て」止めについて言えば、虚子の熱心な信奉者だった、京極杞陽には、多々その継承が確認できます。山田佳乃さんの近著『京極杞陽の百句』でも、図らずも七句が取られているではありませんか。

浮いてこい浮いてこいとて沈ませて　京極杞陽
黒髪の冷き棺に崩折れて　同
ががんぼのタップダンスの足折れて　同
居眠れる乙女マスクに安んじて　同

8 「に」止めの可能性

虚子が見守る女性俳句の現場

今私の手許に、終戦直後独特の粗悪な紙で刷られた小冊子があります。『互選句集　中村汀女・星野立子』（昭和二二年）です。以前太宰治を研究されている安藤宏さんが、この時期の独特の匂いのする雑誌を買い込んで、家人から嫌われてしまった話をされていました。文藝春秋のような一流の出版社にして、このような劣化しやすい紙で印刷した時代のものですが、よく読んでいくと、『ホトトギス』の二大閨秀作家が、お互いを信頼しあい、お互いの個性を認め合って互選をしていたことがうかがえるとともに、虚子に出発して、現在に至る俳句文体の発生の一齣がうかがえる場としても読め、興味はつきません。

既に文学史家が指摘するように、この二人を引き立て、活躍の場を与えてきたプロデューサーは虚子でした。これからお話する文体開発の現場とは、虚子の大懐にあったことも弁えておくべきでしょう。

「に」止めの可能性

地階の灯春の雪ふる樹のもとに　　中村汀女

一般に「に」止めは難しいと言われます。「に」は散文的だからです。

雪の日に新宿へ行き本を買ふ

これではただの状況報告です。しかし、「に」を効果的に使えば、様式だけ「や」「かな」「けり」を使うより、はるかに自然で、柔らかい、ふくよかな表現が可能です。

積もらない「春の雪」と、地階からの光という目新しかったろう素材を、「樹のもとに」で共にまとめ上げる、なかなか凝った句で、意欲作といえるでしょう。季題「春の雪」は、汀女の処女句集の名が『春雪』（昭和一五年）であったことから推して、彼女にとって特別な季題でした。この句は「に」止めの柔らかい表現で着地させつつ、下五は上五の「地階の灯」に反響していく、芭蕉以来の「行きて帰る文体」の女性型として成功しています。

古典の世界では、蕪村がこれを巧みに使いました。古典俳句をデータベース化した子規は、『俳人蕪村』で次の一連を挙げて、普通の人間がこれを真似ると失敗するが、蕪村は多様な「に」止めを巧みに操るが故に、蕪村なのだ、と絶賛しています。

菜の花や月は東に日は西に　蕪村
春の夜や宵あけぼのの其中に　同
ほととぎす平安城を筋違に　同

「菜の花」の句は反復のリズム、「春の夜」の句はやわらかな省略、「ほととぎす」の句は散文的なぶっきらぼうな表現となって自在です。子規もいろいろ真似してみた痕跡が残っています（拙著『子規の内なる江戸』）。

さて、このような一種の高等戦術である「に」止めに、汀女と立子は、どう処したのでしょうか？

汀女の場合─繊細な柔らかさ

短夜のほそめほそめし灯のもとに　汀女

弟健史が入院した時の句です。彼はフランスの俳優、ジェラール・フィリップ似の目鼻立ちのくっきりした美男であったと言います。その最愛の弟を心配する心細さが、「ほそめほそめし」の繰り返しに表現され、繊細な「に」止めの省略によって、その「情」が伝わってきます。

手にありしもの手袋や暖かに　汀女

「もの」を巧みに使ったのは、そもそも虚子でした。

帚木《ははきぎ》に影といふものありにけり　高濱虚子

の絶唱は、実態を感じながら、完全な把握には至っていない状態を、一旦曖昧に、しかし確かな謎を以て「もの」と示しておくことで、読む者の心に、その「もの」の感じが伝わってくる心憎い方法です。汀女の句の場合、自分の体温の分身を、手袋から感じる実感を詠む中七のリズムは見事です。

問題は「に」止めでしょう。なぜ汀女は、「暖かく」や「暖かし」とせず、あえて「暖かに」としたのでしょうか。おそらくそうしてしまっては、暖かさの発見だけが焦点化されてしまうことを恐れたのでしょう。この暖かみは、ひとときの安逸であるので、それを楽しんでいる「心」が、「に」を選ばせたものと思われます。

汀女の言葉の周旋は、実に繊細で、その世界は馥郁たるものがあります。汀女は自分の世界への自覚が強くありました。台所俳句と非難された折、女の城としての台所を詠んで何がおかしいのか、と反論しています（『汀女自画像』）。汀女の世界は、やさしい母親や姉の言葉遣いを思わせます。

立子の場合—大胆に繊細に

美しき帰雁の空も束の間に　　星野立子

汀女の繊細さに比べ、立子は堂々とした、大柄な世界にいます。汀女の「に」止めがいずれも、倒置法になっているのに対し、立子の場合、この句のように一気に詠み通しています。

美しき緑走れり夏料理　　立子

そもそも「美しき」などという言葉を、上五に持ってくること自体が大胆なのです。詩は本来「美しき」ものを詠む世界なのに、のっけから結論中の結論である「美しき」と持ってくるのですから、この後はどうなってしまうのだろうと不安さえ抱かせます。

ところが立子は、そのような懸念などお構いなしに、「帰雁の空」のスケール、色、潔さを直球で投げ込んできます。確かに雁は、これから到来する春など目もくれず、北国を目指し、首を伸ばしてまっしぐらに編隊をなして去っていきます。そのような潔い対象には、細やかな配慮も何のその、大づかみに対象をつかみきっていく膂力が必要となりますが、立子はその点、実に男性的です。

ただし、この句は一筆書きの力強さばかりを誇ってはいません。「束の間に」とすることで、そのあっけなさを暗示しつつ、去ってゆく雁、そして冬への繊細な愛惜を響かせています。悪魔のように大胆に、天使のように繊細にとはこのことでしょう。

夕鵙のうしろに叫び月前に　　立子

これは蕪村の「月は東に日は西に」に近いですね。忽然と鵙の高鳴きが背後にしました。袈裟懸けの不意な感じで、いかにも秋の深まった夕べの情景が浮かびます。しかし、向かっている正面は、早や闇が迫って月が明らかなのです。

これは鵙が主題というより、日暮れの早い晩秋の大景を捉えた句なのです。「月前に」とは、思い切った表現で、俄然この月は大きく迫ってきます。この思い切った主観表現の水際立った鮮やかさが、立子の身上と言ってよいのです。

枯れて行く黄菊は茶色白は黄に　　立子

智の勝った色のコントラストに見えるかもしれません。秋の最後の華やぎを彩った菊も、冬に入れば枯れていきます。桜と違って、枯れてなお花をとどめているその姿は哀れを誘うものです。花にわずかに色香が残るから、この季題は抒情を掻き立てます。

枯菊に尚ほ色といふもの存す　虚子
枯菊に虹が走りぬ蜘蛛の糸　松本たかし

虚子の句またがりも、たかしの虹や蜘蛛の糸との取り合わせも、抒情の故であることが見えてきます。ところが、立子は即物的です。死の「進行」を、目をそらさずに、むしろそれを色の対比の連続で、対象の変化を切り取っていきます。従ってこの「に」は、わずかに惜しむ心を匂わせるものの、情が前面に立つことを押しとどめてもいます。変化から眼をそらさない勁さが、この「に」にはあるのです。

ここまで来れば、汀女の優しさや繊細さとの対照ばかりでなく、男性作家の「惜別」の情も女々しく見えてしまうほどの、立子の胆力が浮かびあがってきます。

互選による個性の発見

紫の流行りて来り暖かに　立子

下五は汀女の「手袋」の句と同じです。しかし、脱いだ手袋の暖かみにひととき安らぐ汀女とは対照的に、立子は大振りに「紫」の色だけを提示してきます。街往く人々、それも女性でしょう。その紫で着飾る様子をざっくりと捉えて、春の到来を描いてみせました。モノを細々詠むよりも、街の色の印象を大づかみに、しかししっかりと間違いなく捉えて、「暖かに」に着地していきます。

この「に」は、春の生気や喜びの到来がこだましています。「流行りて来り」で一旦切ることで、その発見から作者の心情が読む者の心に飛び込んできます。「暖かし」で切ることもなく、「暖かく」と単純な余韻を響かせるのでもなく、暖かさに浸っている感じは、汀女同様に表現されています。汀女はささやかな「手袋」に、立子は街中のモードにそれを感じた違いはありますが。

虚子も、若き日に蕪村を学んだだけあって、

春の水流れ流れて又ここに　虚子
初空や大悪人虚子の頭上に　同
老い人や夏木見上げてやすらかに　同

など、自在な「に」止めを操りました。しかし、自分の懐にある閨秀二人が、互いを意識し、憧れ、競い合う姿に眼を細めたことでありましょう。汀女は選後のあとがき「立子さんのこと」で次のように綴っています。

やはり（立子と）二人で一緒に作ることは有り難かつた。二人並んで座ると落ついた気持

になつて居た。お互に持たないもの、ちがつたものを見せて貰へることはほんとに倖せと思ふ。

一方、立子は「汀女さんの句」の終わりに、彼女らしく、ケロリとこんなことを書いています。

汀女さんの句と恐らく一番反対な私の句とが同じ一冊の本の中に組まれてこんにち世に出るといふことは、不思議のやうでありながら、私には当然のことのやうな気持もする。時々、私の出来上つた俳句に汀女さんの影響を多分に受けたものを発見するけれど、汀女さんもそんなことを感じられることがあらうと思ふ。

9　昭和俳句の焦点「は」

草城の腕の冴え

枕辺の春の灯《ともし》は妻《め》が消しぬ　　日野草城

草城が俳壇に俄然注目されるようになったのは、昭和九年、創刊から二号目の『俳句研究』（改造社）に、「ミヤコ・ホテル」と題する連作を発表したことによります。

掲句もその中の一つです。吉井勇の「君とゆく河原づたひぞおもしろき都ほてるの灯とし頃を」などから想を得て、新婚初夜をモチーフに連作十句にまとめたのでした。実は草城は、新婚旅行などしておらず、内容は創作でした。

虚子は、この作品の発表により草城を破門しましたが、それがかえって評判になりました。久保田万太郎や中村草田男も草城を激しく非難しましたが、室生犀星は逆に擁護するといった有様で、この論争が草城の存在を目立たせたのです。俗な言葉で言えば、今で言う「炎上商法」とも言えましょう。

器用な詠みぶりが、草城の身上で、新婚旅行の秘め事を、あの手この手で句に仕立てる技は、才気を感じさせますが、「器用」というのは、誉め言葉にも悪評にもなる両義的な言葉でしょう。

掲句で言えば、「は」の使い方に冴えがあります。春の日永、日が落ちて明かりは京都の町々を彩り、旅先での食事など終えて、街の灯もひとつまたひとつと消えていきます。そして、最後の春灯は、新婚の妻が消すことで、事前事後の想像を巧みに掻き立てています。小憎らしいほど巧さが、「は」の一語から透けて見えます。

この句は伝統的な俳句の詠法ならば、

枕辺の春の灯ぞ妻消しぬ
枕辺や妻が消したる春灯

とでも詠むところでしょうが、「ぞ」の響きは強すぎて古風ですし、「春灯」を最後にもってくると、妻が消したもの以前の、京都の街の灯りが想像できなくなってしまいます。草城の精緻な計算がここからも浮かびあがってきます。

形容詞につく切れ字の代用

草城の句にも言えることですが、時代が進んで、日本語の散文化が進むと、散文的な「は」が、旧来の切れ字に代わって登場するようになってきます。

やさしさは殻透くばかり蝸牛　　山口誓子

俳句は本来、形容詞・形容動詞を使いたがらない文芸です。なぜなら、それは結論だからです。感情を表す形容詞や形容動詞に安易に頼ってしまうと、句に込めるべき感情が最初から目立ってしまい、句が浅薄になってしまうことがままあるからです。なので、形容詞・形容動詞は、俳句の場合効果的に、ここぞというときに使わなければいけません。用心しつつ、形容詞・形容動詞はその効果を十分考えて使うべきなのです。

誓子のこの句の場合、こういう俳句の常識を逆手にとって、初めから「やさしさ」とストレートに言っておいて、しかしその「やさしさ」の正体は語らず、次に「殻透くばかり」と、具体性を持たせた印象描写に移りつつ、まだその正体は明かさず、最後に普段はそう美しく見えない蝸牛の美しさを焦点化して見せています。

伝統的な俳句なら、「やさしさや」と切れ字を使うところでしょうが、誓子は、切れ字の使い古されたイメージや響きを極端に嫌悪しましたから、より散文的な「は」でこれを代用させたわけです。

デリケートな「は」

胸の手や暁方は夏過ぎにけり　　石田波郷

草城や誓子のような、モダンな俳句表現を、散文的だとして批判し、古典俳句の切れ字を再評価すべきだとした波郷のこの句の「は」は、どうでしょうか？

秋の初め、日中は暑くても、朝晩には涼しさが忍び寄ってきます。作者はベッドにでも横たわっているのでしょう。朝涼のなかでまどろみながら、秋の到来を実感しています。日中と明け方の対比を、「は」は担っています。

冒頭無造作に置かれたような「胸の手」は曲者です。「や」をつけていますから、おろそかに詠んだわけではないでしょう。暑さに苦しむことなく、救われた体の帰結が、この「手」の姿勢に表れていると見るべきでしょう。

この句には、「や」「けり」と一句のなかに切れ字が、二つもあります。これは一般的にタブーとされています。「胸の手や」の「や」は、上記のように冒頭から、謎めいて強く響いています。対する「けり」は添え物でしかありません。「胸の手や」は具体的にモノを提示していますから、これは一句の中心点です。「や」はそうした機能を持つ切れ字であることは、２節で説明しました。

それに対して「暁方は夏過ぎにけり」は、作者のモノに込められた感懐のヒントを示唆しています。「けり」は「や」ほどの衝撃力を持った断絶はなく、しみじみとした感情を伝えています。その時、「暁方は」の「は」は、日中の暑さとの闘いの中に、僅かに訪れた戦士の休息のような朝の新涼を暗示する役割を果たしていました。

こう考えてくると、元来切れ字については対極の立場にあるはずの草城と波郷が、意外にも距離が近く、波郷は「は」の両義性を使って、デリケートな感情を詠んでみせていることに気づきます。対する誓子の「は」は、カメラの焦点をずんずん絞っていくための導入のような役割を果たしており、繊細というより求心的な強い表現であることに気づくでしょう。

「は」の達成―清崎敏郎

こうした「は」をめぐる現代俳句の潮流を受け止めて、表現をさらに進めていったのは、清崎敏郎でした。愛弟子だった西村和子さんの『清崎敏郎の百句』では、敏郎が生前、俳句で「てにをは」はゆるがせにしてはならないが、特にむずかしいのが「は」だと、弟子たちに説いたことを伝えています。そのため本書のうち、十四句も「は」を含む句が取り上げられています。

雪の上に樹影は生れては消ゆる　　清崎敏郎

「は」が繰り返されて、リズムを作っていますが、それだけではありません。「樹影は」の「は」は、他と区別して強調する働きがあり、一面の雪の中「樹影」だけはと言っています。誓子の「は」に近い用法、と言ってもいいでしょう。

他方、「生れては」の「は」は一句の中のリズムを作っているだけでなく、蒼ざめた樹影の生成と消滅のたえざる反復が連想されます。波郷の「は」を、さらに意識的に強く効かせた感じです。

母の日の八十路の母は何欲しき　　敏郎

高齢で物欲が薄くなった母への問いかけです。初案は「八十路の母よ」というストレートな問いかけだった、と西村さんは伝えています。それを「は」に変更した理由は、情緒的になりすぎるのを避けたからだろう、という西村さんの解釈はもっともな意見です。ただし、そういう消極的な意図ばかりではなかった可能性もあります。

「樹影」の句の「は」がそうであったように、「は」は過去や未来の繰り返しをも想像させます。敏郎は、若き日から母の思いを振り返り、物欲がなくなった老いた母への、万感の思いを込めたのではないでしょうか。映画で言えば、ラストでそれまでのシーンをモンタージュして見せるような効果です。走馬灯のような記憶を想起させる「は」、と言い換えてもいいでしょう。「は」の音の繰り返し、特に中七の「母は」は、そういうデリケートな回想を想起させつつ、強調もしているのだと思います。草城・誓子・波郷を例に見て来た「は」の用法を、すべて併せ持ったものと見るべきではないでしょうか。

一握りとはこれほどのつくしんぼ　　敏郎

この句は、先の誓子の句と同様に、観念的でややあいまいな言葉を、あえて冒頭に持ってきて、最後に季語を置いてその正体を登場させるパターンに分類することが可能でしょう。この時、誓子のように鮮やかな、見方を変えれば大上段に振りかぶった、「は」の単独の使用よりも、「とは」とクッションを置いた言い方が、かえって作者の実感を読者につたえるものです。こういう「とは」の用法を、敏郎は師の高濱虚子から学んだのでしょう。

我のみの菊日和とはゆめ思はじ　　高濱虚子
風雅とは大きな言葉老の春　　同
とはいへど涙もろしや老の春　　同

そもそも誓子の冒頭の「は」も、虚子の次のような詠み方に学んだ可能性は考えておくべきでしょう。

静かさは筧《かけい》の清水音たてて　　虚子

この句の方が、下五が体言止めになっていなくて誓子より自然です。敏郎も、虚子の自然体の語り口をモットーとしたに違いありません。
「つくしんぼ」の句で言えば、手のひらに収まる少量でありながら、それゆえに土筆へのいとおしみがかえって実感として湧いてくる。この句の「とは」は、土筆のけなげな細やかさと、しかし、そこに確かにある生命感を何度も確かめるような響きがあります。くりかえしの「は」と、強調の「は」の合わせ技なのだと言えます。

催してきては添水《そうず》の音を刎ね　　敏郎

これまた、冒頭の強調と、ししおどしの音のくりかえしの暗示との合わせ技です。もはや、敏郎調と言ってもよいでしょう。西村さんの解釈は精妙で、「催して」は、竹筒に貯まる水が必ずしも一定ではなく、次の運動を準備していることを示し、「刎ね」は音だけでなく水が筒からほとばしって、飛び上がる様も集約していることまで指摘されており、意見をさしはさむ余地はありません。

「は」についていえば、敏郎は一つの到達点に至っていた、と見てよいでしょう。

10　両義的な「も」

慟哭と諦観の両義性

俳文学者の上野洋三さんは昭和末から平成にかけて芭蕉研究を牽引した方ですが、一昨年（二〇二二年）鬼籍に入られました。その数々の輝かしい業績のなかで、忘れられない衝撃を受けた論文に、芭蕉の句における係助詞「も」の働きに焦点を当てた「も考」（『芭蕉論』）があります。『おくのほそ道』の金沢の章で有名な追悼句、

塚も動け我泣声《わがなく》は秋の風　　芭蕉

など芭蕉句における「も」と動詞の命令形との組み合わせを取り上げ、それらの多くは実現不可能な命令であり、「も」には、それでもなおお願わずにいられないという含意があることを、周到に用例を挙げて、鮮やかに描き出してみせていました。

「塚も動け」の句に即して言えば、墓を動かすというおよそ不可能な願望・命令を敢えてする誇張の身振りや、悲しみの表現を支える勘所が、「動け」と願わずにはいられない哀切な感情を響かせる、「も」の存在なのだ、というわけです。俳句は短歌と違って、感情表現

を表に出す余裕もないほど小さな器なので、「秋の風」というモノを置くことでその悲しみを表現せざるを得ないのですが、だからこそ、季語・季題の本意とそれをどこまで自分の感情に引き付けていくかという大問題が常に生じます。

季語の持つイメージを前提としつつ、これによりかかるだけで満足する安易なやり方は堕落でしょう。季語に甘えているわけです。自分の心の「声」を秋風に託した一種の「寓意」が、この句のポイントなのですが、「も」はやむにやまれぬ誇張を冷静に引き留める重要な役割をしています。

上野さんも、万葉以来、古典和歌での「も」は、AもBもの「も」のみならず、「～でさえも」の意味で使われてきたことから解き明かします。ただし、芭蕉のこの句の場合、「も」は強調の意味に留まるものではありません。塚を動けとは誇張だと分かってはいるのだが、という両義性があります。このわずかに自己を客観視した「諦観」の視線を匂わせるところが、芭蕉句を「絶唱」にしている所以なのです。「も」の字余りは、溢れる感情と同時にそれを少し冷めた目で見る匂いもあるわけです。

塩梅の「も」

咲き満ちてこぼるる花もなかりけり　　高濱虚子

芭蕉とは別の意味で、「も」を巧みに使って名句を詠んだのは虚子でしょう。古典和歌・俳諧の世界では、桜は「霞」や「雲」に見立てられるか、花を「待つ」心、あるいは「惜しむ」心を詠むものでした。「咲き満ちて」の句はその意味で、初めて本格的に桜そのものを「写生」し得た句です。

一方、「も」に焦点を当てれば、これまで述べてきた「～さえも」の「も」の延長線上にあることも見えてきます。

見渡せば花も紅葉もなかりけり
浦の苫屋の秋の夕暮　　藤原定家

「AもBもなかりけり」という否定の言い切りが、逆に強い肯定となって、対象を焦点化します。さらに虚子句の場合、「も」が単独で使われ、「～さえもない」という響きをより強く持つようになりますが、これまた『万葉集』以来あるこの助詞の含意でした。

先の芭蕉の句を思いあわせれば、「も」は下に、不可能な強い命令＝願望や、否定が来ることで成り立つ用法であったことが見えてきます。

「写生」のリアルさは、ともすれば品格を失いがちになります。それを押しとどめるものこそ、古典の「型」であったわけです。時を止めて色と形を現出するだけなら、視覚に直接訴えかける絵の方が圧倒的な優位にあります。逆に、短くとも時間の芸術である俳句は、時の移ろいをそこに響かせることができる点で、絵に勝るとも言えましょう。「咲き満ちて」の句は、その先にある落花のイメージを「こぼるる」と詠んでみせることで、ほんの少しだけ先取りしてみせました。

この「ほんの少し」という匙加減が要であって、旧来の「惜しむ」心という主観が、表に出てきてしまったら、「月並」の理屈と何ら変わりなくなってしまいます。「も」は落花とその本意の既視感をわずかに、しかし確実に利かせる役割を果たしていたわけです。時の移ろいをわずかに添えることで、現前する満開の花という主役を焦点化してみせたわけです。その手つきは、実にしなやかです。

虚子の代表句の「も」も、単なる強調ではなく、強調したくなる感情をどこかで冷静に見ているような、微妙な「揺れ」があったのでした。卑俗な喩えをあえてするなら、高級菓子が往々にして、塩味や苦味を利かせることで甘味を上品かつ効果的に引き立てるのに似ています。強い感情は、詩の源泉ではありません。ただし、それを露出したり、誇張したりするのでなく、誇張をためらう「揺れ」を利かせることで、引き立てる。これが俳句ならではの表現であり、世界観なのです。

俳句は、微妙な塩加減で素材の味を引き立てる、そんな「塩梅」の機能を助詞に要求する文学だ、とも言えましょう。

寓意の両義性─草田男の「蟾蜍」

6節で私は、山本健吉の評論「純粋俳句」を紹介して、俳句は寓意の詩だと定義していたことを紹介しました。「寓意」とはデッサンのことであり、デッサンの線は対象の模倣の線ではなく、むしろ形を把握し、表現する身振りのあとかたなのだとも言いました。これは単純な事実そのままの模倣ではなく、事実から本質をつかんだ表現の「あとかた」「痕跡」こそが俳句なのだ、と言い換えられます。

健吉が親しかった昭和の俳人から、中村草田男に注目してみましょう。発表当時衝撃の処女句集だった、『長子』から引きました。

父の墓に母額づきぬ音もなし　中村草田男
あたたかき十一月もすみにけり　同
蟾蜍長子家去る由もなし　同

最初の句は「さえも」の「も」の典型でしょう。ひそやかさが、喪失感を漂わせるもので、草田男が俳句表現の本流たる反抒情派であることをよく示しています。山口誓子や水原秋櫻子の方が抒情表現を多用します。

二番目の句は「そういう十一月も」という意味でしょう。軽い使い方ですが、単なる報告にしか思えないようなこの句も、「も」があることで、ぬくもりの堪能とこれからの寒さへの構えの両方が立ち上がってきます。草田男も「も」の両義性は十分わきまえていたようです。

最後の句は、句集のタイトルの由来となった句です。解釈に多義性が生じることは、草田男自身認めています。その多義性をざっくり言ってしまうと、文字通りの自分の家、中村家の家長としての責任を果たす決意がまずは読み取れます。そういう目で見れば、句集『長子』には、家族を詠んだ句が多いことに気付かされます。他方で、この句は草田男の俳人としての立ち位置、すなわち俳句の世界という「家」の比喩的な意味としての「長子」として新境地を切り開かんとする野心的な決意表明ともとれます。

前者の意味だけに囚われ、家の桎梏に閉じ込められたように読む向きも、ないわけではなかったのですが、それに対しては、草田男自身、「由もなし」を「術《すべ》もなし」と誤解しているのだと批判しています。むしろ、「由もなし」とは、「〜というような事態は、おこり得ようはずもない」という意味なのだと自句自解しています。

草田男に近かった山本健吉は、「術もなし」同様にこの句を「女々しい泣き言」のような俗な理解をされることに、草田男は耐えきれず、あえて自句自解をしたのだと弁護しています。そして、この句の真意は「宿命の中の決意」、いわば運命を愛する決意に他ならないとします。立身の家であった中村家を曲がりなりにも引き継ぎ、古い文芸である俳句もそのまま必然として受け入れる、過剰な、ドン・キホーテ的な健気さこそこの句の核心だというのです。

蟾蜍は、鈍重の象徴で住処を変えませんし、変えることもかないません。愛敬と醜さを両義的に持つこの動物こそは、自分の運命愛の化身に思えるというわけです。蟾蜍は動くつもりもないし、動きようもない。「も」が両義宣言となるこの句の「肝」を、草田男は、芭蕉から虚子へと連綿と引き継がれてきた「も」に求めたと言ったら、言い過ぎでしょうか？

両義性の伝統

我々はここで、草田男が「蟇」の字を使わず、「蟾蜍」と表記した意味に注意すべきでしょう。この漢籍由来の文字に、草田男はどういう思いを込めたのでしょうか？　漢詩では古来「月」のことを「蟾蜍」とも言います。月で兎が餅を搗いているとはよく言いますが、中国では月が欠けるのは蟾蜍が月を飲み込むため、とも考えられていました。つまり、草田男自身を寓したヒキガエルは、俳句における通例の意味だけでは収まらないわけです。

萬緑の中や吾子《あこ》の歯生え初むる　　草田男

この有名な「萬緑」も、王安石の漢詩に由来する言葉でした。「蟾蜍」も「萬緑」同様、漢詩世界特有の寓意的かつ東洋的神話の世界を表現する二重性がありました。ですから、草田男は、単純な写生をやりに俳句に取り組んでいるわけではなかったことが、ここからも端的に見て取れます。そして季語にも助詞にも両義性を求める草田男を、虚子はこれまた俳句の伝統として受け止める懐の深さがあったのでしょう。

11　復習をかねて――松本たかしを例に

定型への信頼が生む繊細さ

松本たかしは、宝生流能の名人松本長《ながし》の長男として将来を嘱望されながら、病気でその道を諦めねばならなくなりました。たかしから一時期謡を習った山本健吉は、たかしの「楚々とした軽やかな舞い姿」を目にして生来の品位と風姿の美を指摘しています（『現代俳句』）。様式の美は細部をゆるがせにしない芸の細かさに由来します。

とつぷりと後暮《うしろ》れゐし焚火かな　　松本たかし
臼を碾《ひ》きやみし寒夜の底知れず　　山口誓子

健吉はこの二句を比較して、たかしが「かな」止めの様式性を守りながら、「ふと気づいた後ろの薄闇の深さへの驚き」を暗示するのに対し、誓子が「情」を派手に表現していると指摘しています。品位はたかしの方が遥かに上だ、と言わんばかりです。

ふくやかな乳に稲抜く力かな　　川端茅舎

この盟友の句について、たかしは「力あり」でなく「力かな」とすることで、女の肉体の生々しさを露出させる「説明」になってしまわないように歯止めをかけており、また、そうすることで、女の意外な力強さと言った理屈めいた解釈を呼び込まないことにもなった、と繊細な解釈をしています（「茅舎研究」）。「乳に」と際どい対象に焦点を当てながら、「かな」の定型が、品位を保って女性の生命力を写生することに成功している、というわけです。

時の移ろいの美学

たかしの代表句の一つがこれです。

いつしかに失せゆく針の供養かな　　たかし

「針供養」とは劣化して使えなくなった針を供養し、裁縫の上達を祈る行事で、総じて西日本では事納めの一二月八日、東日本では事始めの二月八日に行われることが多く、両日行う地域もあります。

江戸時代以来、着物などを仕立てる針仕事は貴重な稼業で、針は不可欠の道具でした。そのため年に一度、針の労をねぎらい、感謝する習わしが広がったとされています。針を豆腐やこんにゃくに刺し、寺社の針塚に納めたり、川に流したり、土に埋めたりとその習俗は様々ですが、針を柔らかいものに刺す行為の裏には、働き尽くした針に、最後は柔らかい所で休み、成仏してほしい、という思いが託されています。

たかしは、たくさんの針の刺された豆腐などを目にしながら、失われた針もまた無数にあることを想起しました。その先には、夜なべをする女性の無数の指や、針仕事をする姿があって、「かな」はそのイメージの無限の広がりを促し、また受け止めてもいます。

「針の」の後のわずかな省略の呼吸に、陽の目を見ることなく消えて行った女性の、孜々とした勤めの堆積を発見する視線は、自らも芸道を諦めたたかしの、女性への思慕と讃嘆の一句でもあります。

前節で虚子を例に、「写生」のリアルさは、ともすれば品格を失いがちになり、それを押しとどめるものこそ、古典の「型」であったと説明しました。

虚子の「も」の使い方を例に、単なる強調ではなく、強調したくなる感情をどこかで冷静に見ているような、微妙な「揺れ」があったことも指摘しました。強い感情は、詩の源泉ではありますが、それを露出したり、ただ誇張したりするのでなく、誇張をためらう「揺れ」を利かせることで、引き立てていた、と。たかしの「かな」止めも、定型への信頼によって写生に品位を持たせるばかりでなく、省略した心の動きや連想の世界を暗示しています。

「暮れゐし」や「失せゆく」と言った時の移ろいを示す動詞に、情は込められているわけで、誓子の「底知れず」と言ったあからさまな言表をたかしは採りません。その意味で、たかしは虚子の築いた俳句世界の正嫡であり、貴公子だと言っていいでしょう。逆に誓子が虚子から離反していくのも、時間の問題であったように思われます。

極上の比喩

山本健吉は『現代俳句』で、たかしが茅舎同様、比喩を多用する作家であること、ただし、この二人の比喩にはそれぞれ「個性」があることを指摘してもいます。

雨音のかむさりにけり虫の宿　　たかし

この句の眼目「かむさりにけり」も比喩ですが、ある種の柔らかさが立ち上がってきます。「虫の宿」には儚さが伴いますが、木造の住みかなればこそ静かに雨に包まれていき、家の内と外の虫の音は弱まり、やがて消えていく移ろいまで想像させます。雨は色を鮮やかにするばかりでなく、音や匂いをも呼び覚まします。擬人法の動詞は、一種の賭けで、失敗すれば目も当てられませんが、情景と言葉への繊細な感覚こそ、たかしの真骨頂であり、茅舎のような造型の比喩とはその性質を異にするわけです。

凧の影走り現る雪の上　　たかし
鍬音の露けき谷戸へ這入り来《こ》し　　同

遠萩にただよふ紅や雨の中　　　同

いずれも、擬人法の動詞が決め手になっています。たかしの擬人法がなぜ拙劣にならないかと言えば、動詞を支える主観が、単純な理に落ちていないからです。なぜでしょうか？比喩は、異なるものの意外な近さを発見することから始まります。そこで、多くの人は、その意外性や発見の喜びに夢中になります。しかし、たかしの比喩は、現実を離れて想世界に遊ぼうとはしていません。比喩の意外性をこれみよがしに強調しようともしません。むしろ、彼の比喩は、現実の奥にある本質をつかみ取るための「触媒」として機能しています。「誇張」よりも「暗示」の方に傾いているのです。

たかしが生涯を賭けるはずだった能楽は、歌舞伎のような身体表現の誇張を行う「踊」ではなく、高度に象徴化された「舞」でした。人間の感情表現としての動きを、「暗示」する比喩的身体表現でした。

朴の木の忘れし如く落葉せる　　たかし

朴の木はかなり高く伸びますし、葉の大きさにも特色があります。山林などを想像させ、落葉は漂う感じもあります。思い出したようにという直喩にも見えますが、比喩を駆使したたかしが、そんなぞんざいに詠むわけはないでしょう。山本健吉が指摘するように、作者自身も忘れていたほど、満目蕭条の冬景色にふうっと現れたところの、枯れ切った落葉の軽さという現実が暗示されていればこその直喩です。単純な比喩の驚きではなく、モノへの実感の暗示に賭けたたかしなればこその直喩です。

玉の如き小春日和を授かりし　　たかし

上品な比喩を自家薬籠中のものとしたたかしの、一世一代の直喩です。上五の字余りといい、句切れの無い調べといい、「し」で直截的に言い切った止めといい、衒い無く比喩を正面切ってやっています。「玉」、即ち宝石は、希少なものであり、無欠なものであり、圧倒的な幸福感を与えてくれるものです。それが「小春日和」だったというところに、病者であったたかしの、生命への感謝が見て取れます。

「小春」のような時候の季語には一様に言えることですが、具体的で限定された景色や感覚を持たないことに注意して句作する必要があります。「小春」といえば、ぬくもり、長閑、ほのぼの、といった様々な感情を持ち合せますから、それぞれの情感を引き出す取り合わせに有効な季語と言えましょう。

「小春」そのものを何かに見立てて言い切るのも一つのやり方ですが、一物仕立てで直球の比喩を持ってくるには、なかなか難しい季語です。「小春」の持つ様々な情感を包括してつかみ取るには、珠玉に喩え、授かるという感謝の念を「お日様」に奉呈することでなしえるのでした。

「と」「に」—比喩の装い

最後に、比喩を呼び出したり、比喩に準じるさりげない詠み方を可能にする、助詞の「と」や「に」を取り上げておきましょう。

ほのぼのと泡かと咲けり烏瓜　　たかし

形容詞や形容動詞を上五に使って、「かと」思ったと詠んで見せるやり方です。出だしで感情的な、曖昧な形容語で誘い出しておいて、一気に比喩で具体化する、メリハリの利いたやり方ですが、最後の季語の登場で、納得させるわけです。

炉ほとりにさす春日とはなりにけり　　たかし

これは厳密な意味での比喩ではありません。「春日らしい春日」になった、というイメージを前提として、時の移ろいを定点観測した時に使える方法です。「と」という引用の助詞は、「として」と散文で使われるように、自己の認識を改めて確認する機能を持ちます。そこで「とか」「とは」とニュアンスを添えて、比喩の認識を疑ったり、確認したりする「ふるまい」が効果的となります。

吹雪きくる花に諸手をさし伸べぬ　　たかし

この「に」も、直接比喩を表現しているわけではありません。「吹雪」に喩えられた「花」を受け止めているに過ぎません。この「に」は「として」という意味をかつて持っていた、古典的な「に」の用法と近しいものです。

朽ちもせぬその名ばかりを留め置きて
枯野のすすき形見にぞ見る　　西行

『山家集』のこの歌の五句目は、『新古今和歌集』では「形見とぞ見る」の形で載せられています。いずれにしても、「如し」や擬人法以外に、こうした「と」や「に」を使うと文字を惜しんで、比喩にさまざまな「色」を付けることができます。謡曲の詞章を諳んじていた虚子やたかしは、名句を筆写し、暗誦するのと同様の俳句の調べと語彙の修練を自ずと積んでいたことが見えてくるわけです。

12　「なり」「たり」――虚子・立子の奥義

拙共編著『俳句がよくわかる文法講座』で、句末にくる「なり」「たり」のニュアンスの違いについて解説した時、俳句指導者の中でもこの二つの助動詞の違いをきちんと説明するのは、なかなか難しいとの声が寄せられました。藤田湘子『20週俳句入門』でも、簡単にしか触れられていないので、「たり」は継続性、「なり」は指定性に特徴があるという私の説明は有り難かったとも言って頂きました。今回は、そのおさらいをしながら、一歩進んで、この二つの助動詞の使い方の「奥義」をご紹介していきましょう。

まずは、導入から。

万緑の苑のベンチに憩ふかな
万緑の苑のベンチに憩ひけり
万緑の苑のベンチに憩ふなり
万緑の苑のベンチに憩ひたり
万緑の苑のベンチに憩ひをり

指導する俳句教室で出てきたのは、「かな」の形でした。しかし、「かな」は基本名詞につくもので、万緑の懐に抱かれた公園などのベンチで憩う様を、むやみに強調してもいけません。先に挙げましたように、理論的には「かな」以外に四つの詠み方が想定できますが、この句の場合、どれが最も適当なのでしょうか？

まず、確認や発見のニュアンスを持つ「けり」は、この場面に合いません。憩う自分を発見しているわけではないでしょう。「なり」も、ここでは適当な表現とは言えません。憩うことそれ自体に焦点を当てるような場面ではないからです。

しかし、「たり」ならば、時間の継続性が付与されて、万緑に包まれ、それ全体をベンチで味わう感じが醸し出されてきます。

「をり」も悪くはありません。万緑の快適さ、大きさの中にたゆたう自分の坐っている姿が浮かびます。つまりこの句の焦点は「万緑」でも「憩ふ」でもなく、「ベンチ」だったのです。では、「たり」と「をり」ではどう違うかと言えば、「たり」では万緑を味わう作者の主観が表現されているのに対し、「をり」は自分を一枚の絵の中に描く客観性があることが見えてきます。

一言でいえば、「たり」は「自」、「をり」は「他」の視点とまずは確認できます。

「たり」の「自他」

ここまで、一般的なレベルでの、「たり」のニュアンスの確認をしてきました。さて、ここからは、プロ級の段階に入ります。一口に「たり」と言っても、実は細かい使い分けがあるのです。具体的に言えば、「たり」には「自」の世界だけでなく、「他」の世界を表現することがあるのです。そして、これを弁えることができれば、かなりの上級者ということになります。

まずは、岩波書店版『古語辞典』の巻末にある、「基本助動詞解説」から引いてみましょう。それによれば、完了・存続の「たり」は「てあり」のつづまったもので、上にくる動詞が存続の意味を含むものと、そうでないものとで、「たり」の意味するところは異なってくる、とされています。

すなわち、A「劣る」「まさる」「似る」「止まる」「思ふ」「生《お》ふ」といった、様態・状態の意味を含む動詞が上にきた場合、「たり」は確かに時間的な持続・継続を意味します。対して、B「釣る」「摘む」「倒る」「出だす」「詠む」「生む」といった動作が瞬間的に一回ずつ完結する意味の動詞が上にきた場合は、その動作の結果生じた事態が存続していることを意味します。

つまり、「たり」は、上にくる動詞自体に、継続性の意味があれば、それをより強調するわけですが、動詞がそれ一回きりで動作を終えてしまう性質のものである場合は、継続しているのは、動作ではなく、その動作が呼び起こすものが継続していることを意味します。

この微妙な「たり」の意味の違いを、文法書など読まずとも弁えて、使い分けていたのが、虚子でした。

Ａ鴨の中の一つの鴨を見てゐたり　高濱虚子
初夢の唯空白を存したり　同
はらはらと月の雫と覚えたり　同

これらは見ている、存在する、そう認識するといった状態・様態、あるいはそれに準じる意味の動詞についたもので、虚子がそう感じたことが強調されています。つまり、これらの句は、「をり」と比較して説明した、「自」の世界を詠んでいます。しかし、それだけではありません。

Ｂ垣の竹青くつくろひ終りたる　虚子
来《き》し人の我庭時雨見上げたる　同
子を守《も》りて大緑陰を領したる　同

以上の例は、先に説明した動作の完了と、その結果の余韻を表現していることが確認できます。そして、これらの句はいずれも、他者の動作が今終わり、その結果が虚子に余韻として迫って句になったものと思われます。
庭の手入れをする職人の作業でしょうか、青竹も鮮やかに垣根は設えられ、いまその結果が虚子の眼前にあります。時雨の句も、来訪者は時雨を確かめる視線を虚子に披露しました。

雨を厭うのではなく、虚子とともに時雨を味わおうとする同志の身振りがそこにあります。緑陰に「大」までつけて、そこを占領しているというのですから、子供は大勢いるのでしょう。子は親を見守り、その双方を大緑陰が見守る、そんな奥懐の豊かさが、虚子に伝わってきたわけです。つまり、Bの「たり」は、「他」の世界を表現していました。

驚くべきことに、虚子はBのケースでは、「たり」を終止形でなく、皆連体形で強く切っています。これは虚子が、「たり」の「自他」に十分自覚的であったと同時に、Bの場合、表現に一工夫が必要だと考えていたことを意味します。単なる動作の強調ではありません。「体言止め」や「名詞止め」は、俳句特有の「切れ」のある文体で、その止めが前に反響するレトリックです。虚子は「他」の「たり」を、なぜそのように表現したのでしょう?

前に戻るということは、前に出た名詞に戻って、それを再び説明するとも言い換えられます。「つくろひ終る」は「垣」に、「見上げる」は「来し人」に、「領したる」は「子を守る」親にかかるのでしょう。いずれも上五の下は強く切れており、最後の「たる」の強い切れと見事に照応しています。この芸の細かさこそ、虚子が大虚子である理由の一つだったわけです。

立子の場合――大胆に繊細に

句末の動詞につく「たり」は、芭蕉でわずか二例、蕪村で十一例ですから、「たり」止めは蕪村に源流がありそうです。話題を「なり」に転じましょう。

葛水に松風塵を落とすなり　虚子
たらたらと藤の落葉の続くなり　同
春水をたたけばいたく窪むなり　同

こうしてみると、「なり」は、ザ・客観写生の文体であることが了解されます。句の焦点は、「落とす」「続く」「窪む」にあるわけです。「葛水」に爽やかな松風からわずかな塵が降りかかってくる瞬間、とめどもなく落葉が続く藤、そして、一瞬の春水の表面の窪みなどは、写真やストップモーションの眼で捉えられた景です。
藤田湘子『20週俳句入門』では、こうした「なり」の典型例として、

街路樹の夜も落葉をいそぐなり　高野素十

を挙げています。客観写生を代表する俳人の文体だったわけです。
虚子の次女、星野立子の場合、この「なり」をさらに一歩進めていきます。

夕日いま高き実梅に当るなり　星野立子

見つつ来て即ち茅の輪くぐるなり　同
旅なればこの炎天も歩くなり　同

最初の二つは、虚子や素十と同様の、客観写生のお手本の句と言っていいでしょう。梅の木の高みへの夕陽、茅の輪くぐりの身のこなし、景の切り取りを強調している、カメラのフレームのような機能を「なり」は担っています。

しかし、最後の例は違います。当の立子自身が、炎天もかまわず歩く姿を焦点化していま す。ここには立子の主観、歩いていく意志のようなものが表面化されています。つまり、本来は「他」の世界を詠む「なり」を、立子は大胆にも「自」の世界に転じて使って見せたのです。

桃食うて煙草を喫うて一人旅　立子
しんしんと寒さがたのし歩みゆく　同

後者は『互選句集　中村汀女・星野立子』に載る句で、中村汀女の選によるものです。自分にない立子の堂々とした個性を、この文体に認めたものでしょう。いくつか同様の「なり」句を確認できます。

「なり」から離れても、立子は「女らしさ」から自由な、しかしそこに気負いのない人だったことが、確認できますし、汀女の選に納得したと互選句集で感想を漏らしているのですから、立子自身にもそのことへの自覚はあったわけです。

こう考えてくると、立子の「自」の「なり」は、俳人立子の個性そのものであったと言っていいでしょう。

手練手管という俗語がある。手管にばかり憂き身をやつす俳句の多い昨今、星野立子の作風の単純さを云々するのは易しいが、私はその純粋さを尊重したい。

（永井龍男『星野立子集』序）

立子の真っすぐで、かつしなやかな感性が選び取った文体が、自画像の「なり」だったということになるのでしょう。

13　俳句文法から調べを考える

調べは改稿の時に意識する

これまで単語の働きや接続・機能に焦点を当ててお話をしてきましたが、俳句文法の上でもう一つ重要な分野があります。「調べ」です。俳句を詠むとき、最初から調べを意識しすぎると作り物めいてしまう危険性があります。その俳句が当初着想された、心のリズムをまず大切にすべきです。しかし、いったん俳句が出来上がってから自分で手直しをしてみるとき、「調べ」の観点から見直してみることは重要です。

以下、俳句が調べの観点から成功している例を挙げていきます。

似た音の連鎖

古池や蛙飛こむ水のおと　　芭蕉

「飛こむ」の「む」と「水のおと」の「み」はマ行音で似た音が連鎖しています。しかし、このようなケースは表現効果上あまり重要ではありません。

行春を近江の人とおしみける　　芭蕉

「を」と「近江」の「お」は同じ母音が続いており、「と」と「惜しみ」の「お」も同様です。同じ音の連鎖は、なめらかな響きをもたらし、さらにこれが繰り返されることで、穏やかなリズムが感じられます。しかし、こういう音の連鎖を単純に当てはめればいいというものでもないことは注意しておく必要があります。

よく見れば薺花《なづな》咲く垣ねかな　　芭蕉

「咲く」の「く」に「垣根」の「か」と硬いカ行音が重なって堅苦しい感じがします。その意味では、

よく見れば薺咲くなる夕べかな

とした方が、調べはよくなります。しかし、この句の場合、「薺の花」が咲いていることを発見した驚きが、一句のテーマですから、調べは犠牲にしても「咲く垣根」とする方がいいのです。調べだけをよくしようとして、肝心の俳句の核心まで犠牲にしたのでは元も子もありません。

音そのものの響きを意識する

カ行音やタ行音は、音が硬質で、それに見合った内容を詠む場合、効果が生まれます。

雉子の眸のかうかうとして売られけり　　加藤楸邨

作者の悲しみや怒りが「かうかう」という音の連鎖で、こちらに迫ってきます。見開いた眼そのものの光を、音調で掬い取った名句です。

同様の強い響きを持つ音に、促音や撥音があります。

夏の河赤き鉄鎖のはし浸る　　山口誓子

「鉄鎖」のつまった音が、一句の調べの眼目と言えましょう。港町にある繋留用の赤さびた鉄鎖です。あたりに工場なども連想され、水の色も濁り、匂いもすえている感じです。満潮時、重い「鉄鎖」が水に浸っている様が、この荒寥としてむせるような光景全体を、一瞬にしてよみがえらせます。

萬緑の中や吾子《あこ》の歯生え初むる　　中村草田男

この一句で季語として定着した「萬緑」の「ん」の音は、実に大きな、荒々しい「生命」への驚嘆と賛美の響きを呼び起こす、コーラスのようです。長音やア音にも、重要な効果が確認できます。

遠山に日の当りたる枯野かな　高濱虚子

「遠山」の伸びた音の響きは、先の「鉄鎖」や「萬緑」のような強さより、一種の穏やかさを湛えています。「山」「当りたる」「枯野かな」と八つもア行音が重なるのも同様の効果を感じさせます。本来荒涼な景色として受け取られていた「枯野」ですが、この句の場合、どこか落ち着いた、この光景に身をゆだねるような感覚が、音からも伝わってきます。

音数の組み合わせ

俳句は五七五の調べを基本とします。五音の組み合わせで一番安定したリズムを持っているのは、二・一・二です。

古池や蛙飛こむ水・の・おと　芭蕉

この句のように下五に二・一・二の組み合せが多いことは、体験的に感じておられる方も多いことでしょう。なぜ、二・一・二の組み合わせに安定感があるかと言えば、日本語は単語レベルで見たとき、二音が基礎になっているからです。海・空・山・川と思い浮かべてみれば、万葉以来、二音の語が日本語の基本的かつ中核的な語彙をなしてきたことが了解されます。それを踏まえれば、二音の単語同士を「てにをは」で結ぶ音の組み合わせは、一番慣れ親しんだ、安定のリズム感があることが見えてきます。

上五の二・二・一も、音の組み合わせの定番です。

くろ・がね・の秋の風鈴鳴りにけり　　飯田蛇笏

柿・くへ・ば鐘が鳴るなり法隆寺　　正岡子規

二音の単語を連ね、その下に助詞を付ける組み合わせは、静かに俳句が立ち上がる効果を持っています。逆に言えば、上五の二・二・一や下五の二・一・二は、安心できる、悪く言えば、平凡な調べということになりますから、これとは違う音の組み合わせを持ってくると、なにか不安定な、場合によっては緊急事態のような効果を一句にもたらすことになります。

調べは俳句の「哲学」

上五に二・一・二が来ると、これで一つのまとまりができていますから、いったん切れる呼吸となります。また、下五に二・二・一が来ると、散文的な、あるいは二・一・二に比べて軽いリズムとなります。先ほどの誓子の句を改めて引いてみましょう。

夏・の・河赤き鉄鎖のはし・浸・る　誓子

上五の二・一・二で、いったん切れているのがわかります。中七と下五はひとまとまりで、下五は二・二・一のリズムを含んだ動詞で終わり、体言止めの二・一・二とも、下へ続く二・二・一（先の子規の句など）とも違う、日常語に近い響きで終わっています。

新興俳句の新しさについてはいろいろ言われてきましたが、文体、特に調べの面からみれば、体言止めや「けり」「かな」といった切れ字によって二・一・二のリズムになることを、誓子が極力忌避した点が大きいでしょう。

芭蕉以来の体言止めや、「けり」「かな」文体からの転換という日常語に傾いた文体とリズムこそが「新興」の本質でした。だからこそこれに反発した人間探求派、特に石田波郷や加藤楸邨は、芭蕉の研究を唱え、その文体の再来を強く主張し、新興俳句はもちろん、『ホトトギス』にも見られた散文化を批判しました。

こうして見渡してみると、「調べ」の問題は、作家の個性や時代の風潮をも反映する、極めて重要な問題をはらんでいることが見えてきます。決して個々人の初歩的な俳句創作心得に終わるものではなく、自分らしい俳句を突き詰めた、一種の「信念」なり「哲学」が、「調べ」とは抜きがたくかかわってきます。

あえて不安定なリズムを

雪の上ぼつたり来たり鶯が　　川端茅舎

この句の不安定さは、下五の倒置法に由来します。「うぐ・いす・が」と一応二・二・一のリズムではありますが、最後に「助詞」が来ており、誓子のような日常的動詞とは対極にあります。注意すべきは、単純に音の数だけで割り切れるものではない、という点です。最後に来る言葉の意味と働きも、音数だけでなくリズムを作っていることを指摘しておきたいと思います。俳句には、外形的な音のリズムと、内面的な意味のリズムとがあり、それが調和するケースもあれば、あえてずらして効果を狙う場合もあります。

茅舎のこの句に即していえば、雪上の鶯は、冬と春が交錯する象徴的な情景です。ポイントは「ぼつたり」という擬態語でしょう。本来「ぼつたり」は木からまとまって落ちてくる雪に形容される表現です。それを前提にしながら、この「ぼつたり」は鶯であったという発見がこの句の命です。そこであえて、雪ではない鶯だったのだと強調しつつも、落ちてくる雪と比べる響きが「が」にあるわけです。

このような例外状態は、よほどの驚きや発見がないと説得力がありません。陰影や余情より、一瞬の刹那を切り取って見せる映像の美を言葉で追求した結果、この例外状態のリズムが選び取られたわけです。よほど鮮度のいい刺身なら、通常は刺身のネタにならないような魚でも、驚きと発見があるのだと通俗的に説明しては、茅舎に申し訳ないのですが、なぜ反則技の不安定なリズムが選びとられたのか説明すべく、あえてそうしました。

俳句の核心が、一瞬の驚きにあるのだとしたら、それに没頭し格闘した作家にとって、例外的なリズムは、たとえ不安定であっても、美を損なうことは決してなかったのです。リズムの法則は十分意識しながらも、心のリズムを率直に歌ってみせる場合がよければ、法則は絶対ではありません。この例外の存在こそ、俳句文法のすべてに当てはまる「法則」です。芸術は自由な心と世界を大前提とするわけですから、例外は必ずあります。むしろ、なぜその句は例外状態にあって、なお成功しているのかを考えてみると、ルールの意味も見えてくるのです。

文学と法律は根本的に異なります。茅舎の句を、ルールから一律に批判して、不安定なリズムだと断じてしまっては、文学の自殺です。むしろ、ここでは、ドイツの政治思想家カール・シュミットの、「規則の本質は、その例外状態においてこそ明らかになる」という言葉を肝に銘じるべきでしょう。戦争や天災という「例外状態」は本来あってはならないものですが、そういう状態こそが秩序をもたらすルールの意味を我々に知らしめてくれるのと同じなのです。

14　よい字余り、悪い字余り

字余り問題――「調べ」の入口

前節で「調べ」のお話をしましたが、原則を確認するところから、改めて説明していきたいと思います。文法の問題から一旦離れるように見えますが、最終的にはつながってきます。俳句を詠む上で、「調べ」についての原則と、なぜその原則は重要なのかという点は、話の大前提ですから、まず確認しておかなければなりません。

不自然な調べである「字余り」の問題から入っていきましょう。一口に「字余り」と言っても、良いもの、悪いものがあるのです。

中八はなぜいけないのか？

一般によく言われることですが、中七の字余りは要注意です。俳句の調べは、五・七・五が基本ですが、披講される句を注意して聞けば、五＋一・七＋一・五＋一の六八六のリズムだということもできます。加えた「一」は音符で言えば休符にあたります。音がないのではなく、音無き音があると解釈すれば、休符も音の一種です。

英文学者で、翻訳家であった別宮貞徳氏に『日本語のリズム』という本があります。日本語は、前節でも触れましたように、単語レベルで見たとき、二音が基礎になっています。海・空・山・川と思い浮かべてみれば、万葉以来、二音の語が日本語の基本的かつ中核的な語彙をなしてきたことが了解されます。それを前提に考えると、伝統的な日本語文体は、二音を重ねた八音が一番安定するというのが別宮氏の主張です。

個人的な体験で言えば、学生時代、『古事記』研究の日本的権威だった、戦中世代の太田善麿先生が、やはり日本語のリズムは二音節だと言われて、「まも・るも・せめ・るも・くろ・がね・の」と次々軍歌が口をついて出てきた時には、思わず笑ってしまいましたが、笑えない根深い問題がそこには潜んでいたわけです。

日本語リズムの八音中心の証拠の一つとして、別宮氏は、俳句の朗読の時間を計測すると、休符一音を含めた六・八・六になっているばかりでなく、六は八に近づいてゆっくり詠む、すなわち、八音に近づくという実証結果を提示しています。

日本語は八音四拍子の言語だと言いきれるかどうか、これは現在の日本語学で必ずしも受け入れられている仮説ではないようです。しかし、三拍子中心の英語のリズムと比べた時、伝統的な日本語、特に韻文が、二拍子、四拍子を基本とすることは容易に感じ取れます。別宮氏は翻訳の大家でしたから、否応なく両言語の持つリズムの違いを意識せざるを得なかったのでしょう。

さて、五七五が実は六八六であり、上五・下五は中七に比べゆっくり詠む傾向がある事実を確認すると、中八がなぜいけないかは明らかになってきます。中七は本来素早く詠むリズムであり、ここで字数を増やしてしまうと、間延びした感じがどうしても生まれてしまうわけです。逆に、上五・下五は、もともと長く伸ばして詠む傾向にあったのですから、多少の字余りは、中八ほどには忌避されないわけです。

上五に字余りが多い理由

俳句を長年詠んでくると、下五より上五に字余りが多いように実感するはずです。それはなぜでしょうか？　文学はすべからく時間の芸術ですから、言葉の順序が大切です。同じ言葉を並べた俳句でも順序を変えてみると、その俳句がよくなったり、逆に悪くなったりするのは、ここに原因があります。

上五で多少字余りがあっても、最終的に七・五のリズムに収めれば、それは五七五のヴァリエーションに過ぎないことが、読者にも意識されます。そこで、上五の字余りが、内容上どうしても必要で、むしろそうした方が、効果がある場合は、あまり忌避されることなく詠まれる傾向にあるわけです。

黒キマデニ紫深キ葡萄カナ　　正岡子規

色の対照をよくやった、子規最晩年の句です。紫の色の深さをこう印象的に、六音まで使って、一種の詰まった、切迫したリズムを生むことで強調しているわけです。漢詩文的な硬いリズムを上五に持ってくる、こうした切迫した調べは、芭蕉庵に入ったばかりの気負っていた芭蕉の句にもまま見られます。

芭蕉野分して盥に雨を聞く夜かな　　芭蕉

上五が字余りだと、本来タブーのはずの中八も許容されます。

春は曙そろそろ帰つてくれないか　　櫂未知子

中八を嫌うことを公言する作者の、代表句です。字余りをテーマにしたシンポジウムで、隣り合わせた作者に「「そろそろ」は「早く」にしてはいけませんよね？」とお尋ねしたら、当然という強い口調で「そろそろでないといけません！」と返ってきました。もちろん、この句のヒロインと、帰ってもらいたい男性との距離感は、「そろそろ」でないと生まれてきません。第一「早く」では、愛情も失せてしまい、単純な説明になってしまいます。しかし、リズムの上から言っても、「春は曙」の七文字の字余りがあるので、次の「そろそろ帰つて」の一文字分の余りも、さして気にならなくなるわけです。やはり、言葉の順番は大切でした。

春や昔十五万石の城下哉　　子規

櫂さんの上五の字余りも『枕草子』からの引用でしたが、この子規の句も、『伊勢物語』第四段の、

月やあらぬ春や昔の春ならぬ
　わが身一つはもとの身にして

からの引用でした。同じ春が来ても、大志を抱いて松山を後にした時と、病を得て事業の達成をみない今とでは、同じ春とは言えない。子規の忸怩たる思いが、少年時から仰いだランドマークである松山城の天守閣を見ても、切迫した字余りのリズムをもたらすわけですが、やはり上五の字余りが、中七の字余りの導入になっていたわけです。

下五の字余り―つぶやきの余韻

羽子つよくはじきし音よ薄羽子板　　橋本多佳子
野火に向ひ家居の吾子をわが思へり　　同
薔薇欲しと来つれば花舗の花に迷はず　　同

忌に籠り野の曼殊沙華ここに咲けり　同
雪はげし抱かれて息のつまりしこと　同

山口誓子あたりから目立ってくる、下五の字余りのリズムを自らの文体としたのが、多佳子です。明らかに短歌に近い詠嘆が感じ取れます。さらに、口語的な響きも感じられ、不安や哀しみの俳人多佳子の「つぶやき」の響きが、これらの字余りからは感じられます。

上五の字余りが、強い感情に向いているとしたら、下五の字余りは、漏れていく吐息のようなリズムとも言えましょう。これも、五七五の大前提とともに、順序を意識したものと言えます。

音のリズムと意味のリズム

字余りを考える上で、もうひとつ忘れてはならない問題があります。俳句には、音のリズムと意味のリズムの二つがある、という問題です。リズムは、音の世界の問題だから、「意味のリズム」という言葉自体が意味をなさないとお思いの向きもあるでしょう。しかし、日本語には、確かに言葉の意味自体がリズムを生む傾向が明らかに見て取れます。

例えば、「名にし負はば」と「心当てに」は、ひらがなで書けば同じ六文字、六音ですが、リズムが異なります。同じ音数と言われないとわからないほど、前者の方が長く感じられます。なぜでしょうか？　それは意味のリズムのせいなのです。二つの語句を意味で切ってみましょう。

名・に・し・負は・ば　　　単語5
心・当て・に　　　　　　　単語3

つまり、意味上のまとまりである単語で数えると、右の語句は四つの切れ目＝休符が存在することになり、左より長く感じられるのです。

意味のリズムが、二拍子の等時的リズムに干渉するケースが日本語の詩にはあるわけです。二拍子を一つの原則的単位として周回的にやってくるリズムを原型とみるならば、意味の干渉を受けて生まれる意味のリズムは、そのヴァリエーションとなりえます。そして、意味のリズムが、二拍子の原型から隔たれば隔たるほど、詩のリズムとしての価値は高まる、すなわち、単純で形式的な五七五のリズムの、回収されない独自性が生まれてくる、ということになります。

花の色とはうすべにか薄墨か　　片山由美子

五七五（六八六）の拍子のリズムなら、

花の色・とはうすべにか・薄墨か

と切れますが、意味のリズムが干渉しているこの句の場合、

花の色とは・うすべにか・薄墨か

と切れて、通常の拍子とは異なる、違和感が句に生じます。この句の「とは」は句またがりと言いますが、それをわざと設定することで、桜の色の陰陽の両義性を、揺蕩いながら感傷してみせる「ふるまい」のリズムが、句またがりの正体だったわけです。

「花」の両義性については、「うすべに」を平仮名で書き、「薄墨」を漢字で書き分けるのが、片山さんの芸の細かさです。そもそも「とは」という助詞自体が、これまで解説してきたように、引用・全体的把握・比喩などをもたらし、「は」に至っては、近代俳句のテニヲハの奥義と言ってよい鍵になる表現でした。

句またがりの「とは」は、この句の根底にある心の揺蕩いを大きく展開してみせる重要な、調べの「ずらし」であったわけです。

15　句またがり文体

虚子派文体の基本形

東山静かに羽子の舞ひ落ちぬ　　高濱虚子

この句は、「東山」という名詞の上五で一旦切れています。かつては「枕止め」と呼ばれたようですが、今こういう呼び方は聞かなくなりました。五・七五と切れていますから、リズムの基本は「七五調」です。最後は、動詞で言い切っています。

紫は水に映らず花菖蒲　　高濱年尾

対して、この句は、中七の後で切れて、五七・五となっていますから、リズムは五七調です。季題・季語で止められています。

仰向きに椿の下を通りけり　　池内たけし

たけしは、虚子の甥にあたります。この句にあまり切れはありません。最初の虚子の句同様、一応五・七五と区分することはでき、その意味では七五調ではありますが、むしろ、最後が「けり」という切れ字で止められていることになります。

四つの文節

しかし、もっと重要な点がこの三例からは確認できます。内容的に言って、この三例はいずれも四つの塊＝文節から成っているという事実です。

一句目は、「東山」「静かに」「羽子の」「舞ひ落ちぬ」。二句目は、「紫は」「水に」「映らず」「花菖蒲」。三句目は、「仰向きに」「椿の」「下を」「通りけり」といった具合です。日本語は以前も指摘しましたように、二音ないし三音の語が基本ですから、十七音の俳句の器の中では、だいたい四つの単位にまとまりやすいのです。ただし、外来語が入ってくると、「エイプリルフール」や「バレンタインデー」のように、音数の長いものが割り込んできて、この法則に例外が生まれます。

さて、四文節の法則を確認してみると、中七に二つの文節が入る可能性が高いこともたちまち了解されます。つまり、中七が句のリズムの「個性」にかかわるポイントであることが見えてきます。ここで、五七五七七まで使える短歌と比べてみた時、俳句には「切れ」があることで、この字数の不足を補う武器が潜んでいることが理解できます。

先細りの七五調

一句目は、名詞で切れて、そこに省略と余韻が生まれています。切れは、断絶することにより、その微妙な関係性から余韻が生まれることは、これまでに何度か指摘しました。この時、「東山」のような強いイメージを持った地名が、余韻をもたらすのに効果的です。もちろん、地名とは限りませんが。問題とすべきは調べです。「東山（3・2音）」「静かに羽子の（4・3）」「舞ひ落ち・ぬ（4・1）」と、先細りに音が減るリズムが生まれています。これこそ、七五調の音調の本質でしょう。

延び行く調べ—五七調

対する二句目は、「5・7」と音が拡大していく、のびのびとした音調に特徴があります。『万葉集』がその典型例ですが、「春過ぎて・夏来るらし」「天の原・ふりさけみれば」という、豪放・素朴な調べが、先細りで繊細な七五調とは対照的です。ただし、短歌のような連綿とした調べはない俳句ですから、「映らず」と切れているようで微妙に切れていない「切れ」が確認できます。逆に「紫は」の「は」は、「の」よりも切れを強くして、「ず」の連続的切れと対照をなしています。「切れ」が同じ調子だと、俳句はいけません。「は」はきっちり切り、「ず」は微妙な「切れ」にして、めりはりをつけています。ここが、俳句の五七調が和歌のような単純明快な音の続きにならない、一大特徴でもあるわけです。

明確な切れのない文体の切れ

では、三句目はどうかと言えば、上五の「仰向きに」の下に軽い切れがあるだけで、あとはすらりとなだらかに読み流せる調べになっています。芭蕉がかつて、「切れ字はなくとも切れのある句はある」(『去来抄』)と言っていた例に当てはまります。

以上の考察は、『ホトトギス』昭和五二年九月号に載る、大木葉末という人の「俳句文法雑記」という一文を、私なりにかみ砕いてリライトしたものです。

芭蕉は、連句の中の発句の要件として、切れ字および切れを必要とはしましたが、それ以前に「梢」と「根」があれば、おのずと発句になるのだという大前提も確認しており、一句の首尾があって完結しているものが発句であるとしています。切れはむしろ、そのために使われる表現技法ではあるが、必須条件ではないわけです。

辛崎の松は花より朧にて　芭蕉

このような、切れ字も切れもない句も、内容的に「首尾」があり、対象に応じてやや散文的な文体の方が適当である場合、内容的に首尾、すなわち「は」で軽い切れを作った、「辛崎の松」という首部と、通常「朧」と詠まれる「花」より「朧」だという「尾」部があれば、発句（俳句）なのだと見ていたのでした。

虚子派散文体の完成

「俳句文法雑記」が『ホトトギス』に載った昭和五二年と言えば、高濱年尾が脳血栓で左半身不随となり、稲畑汀子が雑詠選を担当することになった年です。一昨年二月に亡くなった、その稲畑汀子の句の文体をめぐって、片山由美子さんは非常に重要な指摘をしています。

昼寝するつもりがケーキ焼くことに　稲畑汀子
どちらかと云へば麦茶の有難く　同

片山さんは、右の二句を愛唱句として挙げ、どちらも切れがなく、散文化の極限にあることを指摘して、この「切字の使用を最小限にとどめた現代的な定型表現の確立」こそが、汀子俳句の功績だというのです（片山由美子「汀子俳句の新しさ」『花鳥諷詠』稲畑汀子特集号）。

付け加えるなら、片山さんが挙げた二句は、先のたけしの句より、句またがり的散文化が進んでいます。「昼寝するつもりが・ケーキ焼くことに」「どちらかと云へば・麦茶の有難く」とこの二句は意味の上で切れます。それは同時に、五七五のリズムとずれる形で、散文の意味のリズムがかぶさることになるわけです。あえて「切れ」を探すとすれば、中七の中の意味の切れがそれであり、五七五のリズムとのズレこそが俳句らしいひねり＝ウイットを生んでいるわけです。

句またがり文体の源流

たけしの句に見られるように、散文的文体は既に準備されていましたが、汀子が意識したのは星野立子でしょう。同誌には、稲畑廣太郎・坊城俊樹・星野高士三氏の汀子俳句をめぐる鼎談も載っていますが、星野高士さんは、

コスモスの色の分れ目通れさう　　汀子

を引いて、この句を褒めながら、

コスモスの花ゆれて来て唇に　　星野立子

の影響を指摘しています。『稲畑汀子俳句集成』の「栞」では星野椿さんが、「私のルーツはね、立子叔母ちゃんよ。よく俳句の旅に連れて行ってくださって、いろいろと教えていただいたのよ」と汀子が生前語っていたことを証言してもいます。

吾《わ》も春の野に下り立てば紫に　立子
ひらきたる春雨傘を右肩に　同
ラヂオつと消され秋風残りけり　同

8節でも書いたように、「に」止めは、中村汀女とともに、立子が開発していった文体です。一句目「春の野に」は句またがりになっており、汀子文体の源流を見る思いがします。まだ立子句は、「紫に」が独立していますが、二句目になるとそういう切れも確認できません。ポイントは「春雨傘」で、「春雨」単独ではなく一種の造語になっています。こうなると一句は棒のように切れのない文体として完成します。ただし、それは造語という例外的なやり方でなされているものでした。

三句目は「けり」止めで、たけし句の流れを汲むものではありますが、「つと消され」がやはり句またがりの散文口調となっており、この五七五のリズムとのズレこそが、ラヂオという俗な対象の、忽然と切れる音の呼吸から、秋風の名残を引き出してくる絶妙の後半を呼び出しているのでした。

俳句を作る際に、あらかじめリズムと意味を分けて考えすぎるのはよくありません。直観で詠むことが大切です。句またがりの俳句を作る際、あらかじめリズムと意味の調べのずれを意識しすぎると、かえってつながらない句になりがちです。句またがりをやろうとして言葉に無理をさせないことです。できた俳句が五七五のリズムではないが、なにか魅力的だと思ったら、句またがりが効いていたのか、と後から気づくぐらいの方が良いのです。

羽子をつく手をとめて道教へくれ　虚子

羽子つき自体がリズムのある遊びですが、それを一旦やめて平常の身体と会話のリズムになって、道を教えてくれたわけです。そのリズムの変調が、そのまま句のリズムに写し取られ、句またがりとなりました。

リズムが詩の本道だとすれば、句またがりは散文のリズムの侵入による変調が俳句らしい余裕やユーモアを生むわけです。日常とはさりげないものですから、変調とは言っても、非日常の詩的緊張をいったんほどいてみせる、自然な呼吸が、句またがりの句の要諦です。虚子から汀子へ引き継がれ、文体になる一つの歴史がそれを物語っています。

16　命令形というレトリック

命令形という「切れ」

五月雨の空吹き落せ大井川　　芭蕉

芭蕉句には命令形が一つの「切れ」として、〈文体〉となっていることが認められます。芭蕉は、元禄七年（一六九四）の旧暦五月、江戸から人生最後の旅に出ました。冬十月には、大坂で客死することになります。途中、現静岡県の難所、大井川が増水、島田の宿で三日も足止めを食ってしまった時の詠です。

大井川よ、どうせなら雲も空もみんな吹き落としてしまえ、という「呼びかけ」は、増水し色の濁った川も、押しつぶすように雨を降らしつづける梅雨空も、延いては芭蕉の鬱屈まても、一体化させてこちらに迫ってきます。命令形の句中の「切れ」は、誇張というレトリックの醍醐味なのです。

比較文学者の川本皓嗣さんの『俳諧の詩学』は、すべての俳句・俳諧に関わる者が読むべき基本文献ですが、その中の「新切字論」の結論部分で、「や」「かな」「けり」の三大切れ字の歴史性と価値を確認しながら、この三つにのみ頼っているとマンネリに陥ることを戒め、芭蕉が開発した命令形や形容詞の終止形「し」による「切れ」を復活させ、「それらに特有のリズム的・表現効果を生かすべき」と提言されています。

そこでまずは芭蕉から確認していきましょう。

芭蕉の絶唱

笈も太刀も五月にかざれ紙幟　　芭蕉

「おくのほそ道」の旅の途次に、「飯塚」(現福島市飯坂町)に着いた芭蕉と曾良は、道を尋ねながら信夫郡を治めた佐藤庄司の館跡や古寺を訪れ、夜は同地に泊まった、といいます。奥州藤原氏の家臣の佐藤氏からは源義経の家来として『義経記』や謡曲などで活躍する佐藤継信、忠信の兄弟が出ました。「古寺」は、その菩提寺です。

芭蕉は、一族の悲劇に思いをはせ、落涙します。特に「古寺」では、兄弟二人の嫁の墓標が芭蕉の胸を打ちます。兄弟が戦死した後、嫁たちは甲冑を着て夫らの凱旋のさまを演じ、老母を慰めたといわれます。句中の命令形は絶唱で、嫁二人、延いては佐藤一族全体の忠義と哀話への哀悼の頂点と言えます。

塚も動け我泣声は秋の風　　芭蕉

奥州行脚の旅も北陸路にかかり、芭蕉は金沢に入って悲報に接します。宿屋で芭蕉たちは早速、地元の俳人、竹雀と一笑に到着を知らせますが、やって来たのは竹雀と牧童で、一笑の姿はありません。一笑は前年暮にわずか三十五歳で亡くなったといいます。一笑は、金沢俳壇注目の実力者で、芭蕉も文通をしており、対面を心待ちにしていたに違いありません。

一週間後、一笑の兄が主催する追善句会が、菩提寺の願念寺で開かれました。泣き声を「秋の風」に置き換えるのが、抒情を本領とする和歌とは異なりますが、季題の秋風の哀切への信頼があってこそ、命令形の切れを思い切ってなせるのです。

少なくとも発句においては、主観の詩人である芭蕉の本領が、こうして命令形の「切れ」に端的にうかがうことができるわけです。

自己への問いかけ――近代俳句の命令形

近代俳句で命令形の代表句と言えば、戦中・戦後の代表的芭蕉研究者でもあった加藤楸邨のこの句が真っ先に浮かびます。

木の葉降りやまず急ぐな急ぐなよ　　加藤楸邨

終戦後、肋膜炎にかかって病床にあった楸邨のこの有名な句は、自分に向かって語りかける命令形となっています。盟友でもあった山本健吉は、病床にあった楸邨の焦燥感をこの句に認め、自分に言い聞かせる口調に、「木の葉」への呼びかけもまた確認しています（『現代俳句』）。季節も境涯も厳しい状況を覚悟し、心の準備をする心境が、一つの生き方の表明にもなっています。

自分の内面に問いかけるあたり、芭蕉の時代にはありえなかった「個」の表現世界があるとともに、やはり俳句は自然を通して感情を定着させていくものであり、リフレインにどこかユーモアを感じさせる側面もあって、俳諧の伝統がきちんと踏まえられてもいます。

柿若葉多忙を口実となすな　　藤田湘子

この句も自分への呼びかけですが、一日十句を老年期にも自らに課した、精力的な野心家である湘子の自画像的作品です。若葉は多種多様にありますし、それを同時に見ることもままあることです。わけても柿若葉でなければならなかったのは、若葉の照りよりも、しなやかさ、若々しさに満ちた点にあったのでしょう。透き通るような美しさで、格別に瑞々しい柿若葉に対して、初心を思い出し、若さを失うまいとする俳人としての決意が、伝わってきます。

愛されずして沖遠く泳ぐなり　　湘子

湘子といえば、この代表句の青春性が何と言っても看板ですが、自らのそのイメージを引き受けて、中七から下五に破調の命令形を置くあたり、前へ向かう自己と自問自答する姿が明瞭に浮かんできます。

秋櫻子に始まり、波郷・楸邨を経て、その双方に影響を受けてきた湘子は、近代的自己を俳句形式で極限まで追求しようとした作家と言えます。今俳壇に多く活躍する湘子の薫陶を得た俳人の多くには、人事句において自分と他人を明確に分ける傾向が確認できます。今多くの若い俳人が入門書としている湘子のそれにも、その姿勢は明確です。

対照的に虚子には、

川を見るバナナの皮は手より落ち　高濱虚子

のような、自他の境が曖昧な、自分を詠んだとも他者を詠んだともとれるような句がありま す。

楸邨や湘子は、芭蕉の発句のみを論じて、自己との対話の命令形を開発していったのに対し、虚子の自他融合の古典性は、芭蕉一座の連句から学んだものでした。

江戸の「余裕」の再生

逝く吾子に万葉の露みなはしれ　能村登四郎

芭蕉の絶唱に近い命令形を探すなら、逆縁の不幸を詠んだこの句が思いうかびます。「露」が「涙」の象徴であることは、古典和歌の常套です。そこで、あえて『万葉集』に限定するのは、『古今集』以降の貴族的な世界とは区別するためでしょう。

ただし、芭蕉以来の追悼句に命令形を使った「絶唱」が、我が子との逆縁の不幸を詠んだものである点に、近代の「個」や「家庭」という枠はやはり確認できます。旅に出るのに「家」を売って、帰るところをあえて無くした、今から見て最もラジカルな生き方をした芭蕉でないと、「個」や「家庭」を超えた絶唱は困難なのでしょう。

他方、「絶唱」とは対極の、日常の挨拶として命令形を使う方法が、江戸以来の流れとして一方にあります。

うき我に砧うて今は又止みね　蕪村

「うて」と「止みね」という命令形がともに切れ字になっています。前半では憂いを抱いている自分に淋しい砧の音を聞いて思いっきり淋しさを味わってみようとするのですが、実際砧を聞いていると、心を慰めるどころか憂いに堪えられず、今はもう止めてくれとなったわけです。寂しさの自問自答が笑いに転じる「反芻」の効果です。

なお、この句は、

うき我をさびしがらせよかんこ鳥　芭蕉
砧打て我にきかせよや坊が妻　同

を踏まえたものでしょう。さみしくも滑稽な「我」との応答は、すでに芭蕉がやっていたことですが、蕪村は「今は又」という呼吸で、いっそう笑いに傾斜したわけです。

このような「江戸」を近代に生かした作家を見てみましょう。

ふゆじほの音の昨日を忘れよと　久保田万太郎

終戦の年の句です。今は全く冬に入った、夕べの波音は、あの悪夢のような戦争の日々を思い出させます。人間は安全な境地にいてこそ、非常時を振り返ることが可能です。日常の回復を反芻するような、戦争のトラウマを反芻しつつ忘却していく日々は、「ふゆじほの音」からの軽い命令形で、心に問いかけており、まことに秀逸です。外界に向けて、あるいは外界のモノに託して詠むことから反転した命令形なのです。蕪村のように笑いが主題ではありませんが、余裕を以て自問自答する自分を客観化して見せる在り方は、切迫する病気の自分に問いかける楸邨とも、俳人としての姿勢を宣言気味に詠む湘子とも違います。

この「余裕」は、近代俳句の主流から遠ざけられたものです。子規以来、俳句は「個」の文芸としての確立を急ぎました。虚子は、先の蕪村句など視野に入れていて（『蕪村句集講義』『俳句とはどんなものか』）、性急な子規からの揺り戻しがありますが、秋櫻子からの系譜には、子規流の「個」の世界の確立が連綿とあることが、命令形の「切れ」から確認できるわけです。

最後に、現在の俳壇の興味深い一現象を取り上げておきましょう。昨年の蛇笏賞は、六十代になったばかりの小川軽舟さんの『無辺』に決まりました。そこにこういう句を発見しました。

川床に座布団枕許されよ　　小川軽舟

格調高い命令形が、また格式を象徴する座布団を枕にかえて寛ぐところにユーモアを添えています。夏の涼の馳走を五感で味わった最後の姿です。こういう作者の「余裕」の世界を「俗」とは思いません。文語の格式を前提にした遊び心は、俳句本来のものであり、他ならぬ湘子の流れから、この動きがあることに、俳句の未来に希望を持てる一句として読んだことを書きとめておきたいと思います。

17　表現技術を超えて

ルールと自由

この講座も本論はこの節でお終いです。語り納めに当たって、改めて俳句文法の位置と価値について、お話しておきましょう。

俳句史の中には、ルールを破って見事な作品を残した、カッコいいスターもいないわけではありません。そもそも芭蕉の生き方や俳句にはそういう面が確かにあります。

草の戸も住替る代ぞひなの家　　芭蕉

行き倒れを覚悟して、時には帰る家まで売って、俳句のための旅に出た芭蕉の生き方は、「破壊」の美学がそこに潜んでいました。

海くれて鴨のこゑほのかに白し　芭蕉
辛崎の松は花より朧にて　　　同

従って、右のような破調や切れ字のルールを破った名句も残っています。

しかし、注意しておく必要があります。芭蕉は決して前衛詩人ではありません。その大半の名作・神品は、季語と切れ・切れ字のルールを尊重したものでした。芭蕉は、破壊や克服が進歩だとは考えていなかったようです。

そういう芭蕉が嫌いだった金子兜太は、芭蕉は結局「品格」といったお高く止まった世界に生きていたのであり、現代においては克服されるべき存在だ、と考えていたようです。

ルールよりマナー

しかし、私には文法を含めた俳句のルールは、「自由」や「個性」の名のもとに克服されるべきものとは、とうてい思えません。兜太の〝天敵〟であった山本健吉の文章を引いておきましょう。

季語は俳句が母体として外界につながる臍《へそ》の穴のようなものだと言えましょう。（中略）私はさきに季語は発生的には当座の儀に叶う挨拶として存在したと言いましたが、そのような外在的要件を内在的要件に転化するような働きを、俳句という形式が孕《はら》んでいることも確かなことと思われます。それは対象が抽象的言語として純化され圧搾される時にこぼす一滴の雫のようなものであります。（中略）最後まで対象を見失っていない、恣意なる情念の動きの抑制として、礼節として、俳句形式の身についた属性となっていること、それが季語の俳句における役割に外なるまいと思われます。（『純粋俳句』）

ここで健吉がいうところの「礼節」とは、フランスの文芸評論家アランの、「人間はいはば礼節にかなふ時しか安静であり得ない。しかし、人間が人間として可能な限りの美に到達するのも、この道によつてである」という一節を踏まえたものでした。どうして「マナー」が文学には、特に俳句には必要なのでしょう？

俳句はマナー破りから生まれた

ここまできて、俳句の「マナー」の問題を考えるについては、茶道という鏡が浮かんできます。茶道には季節の「マナー」が厳然としてあり、それは茶の「心」の本質に通じます。茶の世界は、俳句と同様、あえて余白を残し、茶に向き合う人間、あるいはその仲間の、身体や精神、季節感といった変化をこそ我が物とすることを理想としました。そこでの「マナー」が、絶対的・教条的なものであるはずがありません。

本来日本料理では、茶碗を共用させないことが重要な「ルール」でした。そのルールに則るのが礼儀にかなった伝統的な本膳料理であることの何よりの証だということになります。ここからは、逆に茶碗を共用する利休たちの「わび」茶がいかに革命的であったかが、わかろうというものです。
芭蕉は自分の俳諧を、利休の茶にも精神的につながるものだと言いました（『笈の小文』）。貴族・武家の文芸であり、儀式とも絡んでいた和歌・連歌に比べて、俳諧は利休茶だというのです。豪華な会席料理の起源である、お茶も別個に配膳された本膳料理と、「わび」しい回し飲みを行う茶懐石を混同するというのは、俳句を和歌・連歌同様の格式ばったものとして一緒くたにしてしまう兜太の「伝統」観と同じ、倒錯そのものなのです。

「警察」が増えればルーティン化する

そもそもマナーとそうでないモノの間には、国境のような線引きはありません。むしろ、境界は面（フロンティア）であり、そこでは正統的なマナーと異端的な反マナーの両属性があって、それこそが面白いのです。

咲き満ちてこぼるる花もなかりけり　高濱虚子
川を見るバナナの皮は手より落ち　同

同じ作者が、片や絵に描いたような日本的世界をしなやかな手つきで写生したかと思えば、逆におよそ伝統的な季節感など感じさせない無国籍な世界を無造作に詠んでも見せています。

しかし、本人にはルール違反の意識などなかったでしょう。俳句のルールには、必ず例外があると言った人なのです。

文法の基本的なルールは残さないと俳句ではなくなりますが、もしルールだけになって「心」が失われたら、それは形骸化した悪しき「伝統」だと虚子は言っているのです。これまで明らかにしましたように、虚子は古典にない古典らしき文体まで編み出していました。彼は文法については謡曲などを通して体得していましたが、文法破りを確信犯として時にやっていました。〈ありにけり〉などという古典にない、しかし古典めかした文体の開発は、虚子の戦略によるものです。

虚子は、子規の設計図を基に、近代俳句の中身をつくり、臨界点を意識しながら実験をした自負がありました。季感の薄い熱帯季題俳句など、その典型でしょう。残すべき基礎的ルールとしての「季題」と「写生」、それに古典的言い回し。しかし、そこにだけとどまった時、形骸化は始まります。正しい「伝統」とは、守るべきものを自覚しながら、挑戦しつづけることだったのです。

「かたち」が「こころ」を集わせる

文法の「ルール」を語り続けた挙句に、最後になって正反対のことを言っているような説明を読まされて、戸惑われた向きもあるでしょう。

正直に告白すれば、ある俳句賞の選考に関与した時、不用意な助詞の使い方をしているケース、たとえば、「て」が句集の中に無造作に多用されていたりすれば、かなり素人臭いなと判断して、落としたりしたことは実際にあります。

文法にのみこだわり過ぎてはいけないとは言え、あまりにも無神経な使いようが目に余れば、その作品群では、だいたい句の中身自体も偏っていたり、独りよがりの世界に閉じこもっていたりするケースが多いものです。あえて戦略的にやっているなら、こちらも身構えねばなりませんが。

俳句制作についてまわる「句会」の問題をも想起すれば、「個」の「自由」にこだわりすぎると、「俳句らしさ」、あるいは「俳句」の重要な部分の多くを失ってしまいかねない危険性があることには、十分な注意を払う必要があるでしょう。

現代詩の出発点に位置するボードレールも、はやりのレトリックや意匠で飾り立てることなく、アンテナをはってルーティンの中に今起こるわずかな変化を捉え、誠実に言い留めることこそ肝要だと言っています（『現代生活の画家』）。

茶道も俳句も四季の循環の生活文化と地続きの世界から、花を咲かせました。「かたち」＝礼節の重要性を認知していたからです。俳句の短さとインパクトに影響をうけながら、「礼節」を軽く見た欧米のイマジズムの詩は、後継を無くしましたが、季語や定型とそれにからむ独自の表現の重みをわきまえていた俳句は、営々と続いています。

「こころ」から「かたち」が生まれる。それはそうですが、共有された「かたち」なしに

「こころ」は集えないものなのです。

俳句のマナーの哲学

俳句を、「挨拶」というマナーの文学だと喝破した山本健吉に大きな示唆を与えたのが、英国の詩人T・S・エリオットです。今世紀に入ってから、改めて注目を浴びている英文学者外山滋比古さんの『思考の整理学』を引きましょう。二〇世紀初頭に、「詩歌の創作とは個性の表現である」というそれまでの一般的な通念に異議をとなえ、「詩人はつねに、自己をより価値のあるものに服従させなくてはならない。芸術の発達は不断の自己犠牲であり、不断の個性の消滅である」と、エリオットは語りました(『伝統と個人的な才能』)。

欧米においても画期的だったこの「没個性説」は、外山さんに言わせると日本の詩歌、とくに俳句においては、「さして珍しいものではな」く、俳句は個性の生な表出を嫌い、むしろ「個人の主観が」「受動的に働いて」「自然に結び合うのを許す場を提供する」といった方法論のもとに作品を作り出してきた、といいます。

エディターシップも同様であり、俳句作者も編集者も「触媒」なのだ、とも外山さんは言っています。彼には『省略の詩学』など俳句評論も多いのですが、俳句独自のレトリックにこだわってきた本書の思想と哲学は、このあたりにあったことを最後に明かしておきたいと思います。

俳壇を見回したところ、外山さんの言説はあまり読まれていないようです。そこで、「文法」を切り口にして、「ルール」と「マナー」の違いを意識しながら、俳句の本質的プログラムに迫ってみようと思ったのでした。ここまでありがとうございました。

補説1　茶道の「月並」、俳句の「月並」

ルールかマナーか

『俳句のルール』という本を出した時、わずかなルールの間違いで賞の選考を決定するのは問題ではないか、という話題を、ある方から振られた。

その時の感想はこうだ。「ルール」という言葉は、一人歩きすると怖い。季語にしろ、定型にしろ、文法にしろ、「ルール」に違反したからと言って、モラルには抵触しない。むしろ、その習わしに従えば、俳句の世界を楽しく、豊かに生きられるものに過ぎない。どうしても「習わし」を「不自由」に感じるからそれは勘弁してほしいというなら、それはその人の「自由」である。

ただし、選ぶ「自由」は、選ばれる「自由」に身をさらすことでもあるから、「孤独」というリスクが伴う。四十歳を過ぎても、「自由」をあえて選択して生きてきて独身だと言いきれるのは、実にカッコいい。後は、選ばれなかっただけではないか、と言われるリスクを引き受けつつ、そのリスクと引き換えの「孤独」を、「独立」というエッジの利いた輝きに変えて示す緊張感があればいい。俳句史の中には、そんなカッコいいスターもいないではない。実際、芭蕉の生き方にはそういう面がある。俳句のルールの問題に戻れば、自由律や無季の俳句、あるいは俳句の集団性や俳句らしい流れゆく時間の世界に反逆するタイプの俳句は、「自由」のリスクをあえて取って勝負した俳句と言えよう。

ところが、「賞」という俳人の「実利」が絡む場で、「ルール」が持ち出されると、とたんに生々しくなって、いけない。「ルール」は、機械的に選り分けるに便利な「指標」として、大量の応募作品の選別には便利ではある。しかし、こうなると「ルール」は「倫理」の匂いを漂わせ、選者は「警察」になりかねない。これではもはや、生きにくいこの世を少しでも楽しくする、という俳句の本分から遥か彼方に遠ざかってしまう。

だいたい「ルール」という、便利で散文的な言葉が、誤解の元だ。季語を筆頭とする「ルール」は、本来「心」の問題であり、集団の文芸たる俳句の、コミュニケーションの通路に過ぎない。

だからこの際、「マナー」と言い換えた方がいい。例外事項も多いし、人によって取り扱いが違ってもかまわない幅がある。公式ではない。

茶道の「宗匠」、俳句の「宗匠」

ここまできて、俳句の「マナー」の問題を考えるについては、茶道という鏡が浮かんでくる。茶道には季節の「マナー」が厳然としてあり、それは茶の「心」の本質に通じる。

岡倉天心は、不完全から完全を追求する過程を重んじる禅の思想が根底にある茶道では、あえて対称性が避けられていると指摘する（『茶の本』）。茶の世界は、俳句と同様、あえて余白を残し、茶に向き合う人間、あるいはその仲間の、身体や精神、季節感といった変化をこそ我が物とすることを理想とした。そこでの「マナー」が、絶対的・教条的なものであるはずがない。

そもそもマナーとそうでないモノの間には、国境のような線引きはない。むしろ、境界は面（フロンティア）であり、そこでは正統的なマナーと異端的な反マナーの両属性があって、それこそが面白い。

高濱虚子は、片や絵に描いたような日本的世界をしなやかな手つきで写生したかと思えば、逆におよそ伝統的な季節感など感じさせない無国籍な世界を熱帯季題などで無造作に詠んでも見せた。しかし、本人にはルール違反の意識などなかったろう。俳句のルールには、必ず例外があると言った男である。

冬枯の庭を壺中の天地とも　　高濱虚子

この人物の晩年の言葉には、「壺中の天地」というエッセイ（『虚子俳話』）があって、俳句も能舞台も茶室も、「融通豁達《かったつ》なる天地」だと言い切っている。ただし、別のところでは、茶道は形式（ルール）がやかましいから残ってきた面があることを認めつつ、俳句の場合、あまりにうるさいルールを求め過ぎると、「宗匠気どり」な「しゃっちこばった月並」になる恐れがあるとも語っている（『俳談』「茶」）ではないか。

形式は或る点まではなくてならぬものだが、ただその人如何《いかん》によって月並になったりならなかったりする。

何もマナーをルールにして、「警察」をやっている俳人の存否を問いたいわけではない。ただ、茶道のマナーから俳句を考える時、「人というものは大抵月並なんだから月並になりやすい」というこの俳人の警句は忘れずに行きたい、と思うだけである。

補説2　茶菓子の「あそび」、俳句のウィット

「滑稽」は本当に「月並」か？

えぼし着た心でくゞる茅の輪かな　　梅室

梅室は、子規がこてんぱんにやっつけた月並宗匠である。しかし、そんなに悪い句とも思えない。説明的と言えば言えるが、これくらいのことは昭和・平成の代表的な俳人も、数は少ないがやっている。

尾を噛める天井の蓋夏越かな　　中原道夫

天井の蓋を茅の輪に見立て、ご利益なく、運命の茅の輪にひっかかって人間に食べられる海老の哀れと笑い。勝手な解釈をして、月並宗匠と一緒くたにするな、と怒られそうだが、神官同様の烏帽子を心の中で着るという、俗な信心という点で、江戸の月並大宗匠と中原さんは同じ精神に立っている、と思う。だから、真面目な「写生」を柱とする近代俳句の主流から見て、中原さんの遊び心は理解され難い。

俳句は、祈りの文学ではあるが、むしろそれは和歌の本領である。当代一の和歌研究者渡部泰明さんは、古典和歌の特質に祈る心を挙げておられる（『和歌史』）。正面から祈りをするのが、オーソドックスな和歌なら、俳諧は、利休茶と同様の「革命」であったのだから、梅室のような詠み方は典型的なそれであったし、中原さんはその伝統につながると言っていいのだ。

こうした梅室の詠み方を、散文的だとして子規が「写生」を唱えた結果、「見立て」遊びは厳禁という新たな「心」のルールが支配的になり、茅の輪とそれをくぐる様態の観察が主流となった。

一円に一引く注連の茅の輪かな　松本たかし
一蝶の現れくぐる茅の輪かな　深見けん二
ためらはず雨の茅の輪をくぐりけり　片山由美子

ここまでくれば、夏越の俳句も和歌同様の真面目さに至りついたというべきか。子規の「写生」説の影響は、夏越から「滑稽」を排除する「心」のルール、あるいはモラルとなっていると言えば言いすぎだろうか？　俳句はそれぞれあっていいのだが、「滑稽」を完全排除するような言説がまかり通るようになっては、失うものが大きい。

和菓子の見立てとその心

その点、和菓子には「見立て」の遊びと、「祈り」の真摯さがほどよく調和していて好ましい。六月といえば、京都生まれ京都育ちの身には懐かしい和菓子が、「水無月」である。白いういろうの上に甘く煮た小豆をのせ、三角形に切り分けたもので、京都では夏越の祓が行われる六月三十日に、一年の残り半分の無病息災を祈念してこれを食べる風習がある。伝統があるように見えるが、実は昭和に京都の菓子屋が発案したに過ぎない（藤本如泉『日本の菓子』）。

だいたい、旧暦でなく新暦の夏越の祓に対応しているのだから、古そうに見えて新しい。明治になって定着した、初詣や七五三と同様のものだ。でも、それでいい。梅雨の最中の新暦の七夕などいかんと言って目くじらを立てているうちに、祭りがクリスマスやハロウィンばかりになっては植民地の風景だ。新暦でも七夕祭は残しておけば、「心」の植民地支配は免れる。明治初年、政府主導による俳諧教導職は、文学史の観点から評判が悪いが、「民俗」の「心」を残す意味で、俳句や神道行事が有効であるとする視点は、個人的には失いたくない。

ただし、その精神は、和菓子「水無月」のように、ごく普通の和菓子屋にならぶ日常のものであり、かつ遊び心に満ちているのが好ましい。上から強制のものではない普段着の魅力が重要だ。三角形に切った白いういろうは、酷暑の京都を凌ぐ「氷室の節句」の氷をかたどったものとも、四角を半分にしたことで一年の半分を示しているとも言われている。つまり「見立て」なのだ。

「氷室の節句」は江戸時代の武家の行事で、氷室から氷を切り出して旧暦六月一日に献上や贈答をした、冷蔵庫のない時代のゴージャスで格式のあるものだった。そこを「見立て」て、あやかろうというのだ。また小豆の赤い色には厄除けの意味があるとされており、「祈り」の伝統もきちんとふまえられているらしい。

今や茶会の菓子にも採用され、「伝統」めかしているが、それが可能なのは、「祈り」の本義を忘れておらず、「見立て」の遊び心にウイットがあるからだ。失礼ながら、熊本銘菓で薩摩芋を饅頭にごっそり仕込んだ、その名も「いきなり団子」ではこうはいかない。普段着すぎるのは、失礼ながら余裕がないので、残念ながら文学の題材にはならない。かといって、東北の「都」のプライドを反映して、和歌の言葉をそのまま使った仙台の「萩の月」では、取り澄ましすぎて、俳句との相性は悪い。

「水無月」くらいの、伝統と日常のバランスが、俳句にはちょうどいいし、茶会もこの菓子を許容するくらいのゆとりは欲しいものである。

盆点前庭面いよいよ茂りたる　草間時彦
形代や水なめらかになめらかに　同
葛切やすこし剰りし旅の刻　同

補説3　即興の「心」――茶花と「軽み」

「即興」対「構成」「造型」

感動と表現との間の距離が可能なかぎり最短であること、それが「即興」だ。その距離が大きくなるにつれて、そこに句案とか趣向とかいった作家の作為が介在する。俳句の制作の中に、西洋の美学流に構成とか造型とかいった観念を持ち込もうとする人は、それだけ「即興感偶」から来る俳句の品、格、位から遠ざかる。芭蕉はそのような俳句の作品の品を、「物の見えたる光」がその中に消えずに残っているものと見た。

昭和五十年の『すばる』誌上で、山本健吉は「軽み」論を連載する。俳句の本質に滑稽と挨拶を説いてデビューを飾った彼は、語り残した「即興」を「軽み」と言い換えて晩年盛んに論じた。

この文章に言う「構成」とは、「主知的構成」を説いた山口誓子、「造型」とは、「俳句造型論」を説いた金子兜太のことを標的としていたのだろう。生前語ることがなかった高柳重信のことも念頭にあった可能性はある。誓子は健吉評論の仮想敵であり、兜太については、社会性俳句論議でばっさり切り捨てて以来、無視しきっている。

俳句の「前衛」や「構成」といった議論が消え、俳壇の古典回帰が明瞭になった一九七〇年代、健吉と近い見方に立っていたのは、能村登四郎である。登四郎は、昭和四十九年十月の『鷹』創立十周年号でこう総括している。石田波郷亜流のチマチマ、ジメジメした境涯俳句から脱すべく、新時代の社会性を取り上げた社会性俳句が、結局は残らなかった事情を、「思想性を盛り込むことの急なあまりに作品が散文性から離れられず、短詩型文学として結実しないものが多かったからであった。短詩形文学の表記はもっと感性的な把握法が用いられなければ、いかにその主張や思想がきびしくても所詮人を搏つものが乏しい」と。(今瀬剛一「能村登四郎ノート【二五八】」『対岸』二〇二三年六月号)。

茶花の「即興」

さて、「即興」を晩年の主題とした健吉は、茶席のデコレートである茶花《ちゃばな》について、こう言っている。

立花は巧を尽して重苦しく、生き生きした即興性に乏しい。だが、生花は、即興性を尊ぶのである。花の生命の輝きさえ摑《つか》めば、あとはそれを損わないことを心がけて、速やかに生けるまでである。「生ける」とは「生かす」ことで、この言い方に花の命への愛惜を籠めている。姿を軽やかに生けるとは、後に蕉風俳諧の究極境としての「軽み」の理念に通ずるものだ。

（『天際の借景』）

そこで、しばらく茶花についてみておこう。茶花は千利休による「花は野にあるように」という教えから、華美なものは使わない。「投げ入れ」という生け方が原則とされ、季節ごとの風情や時の移ろいを表現し、ささやかにお茶席を飾る。野の花を摘んで生けるのが理想で、自宅の庭で育てたものを飾るのが次善の策である。花は満開のものではなく、つぼみやもうすぐ花びらが開きそうなものを使う。不完全さの中に美を見出すのが茶道の精神だと岡倉天心が言ったことは既に書いた。時の流れそのものが主題なのである。

自然からそのまま持ってきたような枝ぶりや姿を意識し、花入れに生けるものとされ、花は必ず奇数とされる。花入れには素朴な美しさのある備前焼や信楽焼、竹のものが相性が良い。暑い季節には、籠に入れるのが通例である。椿や槿は特に茶花に愛用される。椿は園芸品種の王者で多種多様だが、小ぶりな侘助や馥郁《ふくいく》とした玉椿が珍重される。華美にならない品格がポイントである。槿の場合、一日花の涼やかさが、茶席には似つかわしい。

どうであろう。時の流れこそが、茶花の精神であったということになれば、分類を排して時の流れの中に、季題を置いて絵巻物のように語った虚子『新歳時記』は、まさにこれを主題とした点で通い合う。

「軽み」を軽蔑することの軽薄

季語・季題をフィクションだとする捉え方がある。これは逆説的な言葉の選択である。利休にしても芭蕉にしても、そして虚子にしてもアート（人工）よりネイチャー（自然）を標榜している。しかし、このネイチャーが曲者で、単純な自然現象の推移や温暑冷寒を感知する自然観から、生活的意義や美的情感を負った「季節感」として成立してくるのには、心の転回という「しかけ」があるということなのである。

あるがままの自然を、茶室で完璧に再現するのではない。ごく一部から自然の本質と思うものを切り取り、自然を装ったしなやかな手つきでさりげなく提示する。短い俳句の器の中で、景物の生命たる「物の見えたる光」を掬い取ってみせる。その方法も同工なら、それを支える精神も、流れ流れて二度と戻らない、折り目正しき季節の流れというものであった点で、「志」を共有している。

私はこの手の話をする時、健吉が兄事した小林秀雄の「お月見」（『考へるヒント』）をいつも思い出す。小林が知人から聞いた話で、京都の嵯峨で仲秋の名月の日、月見などにはおよそ関心のない若い会社員たちが、はじめは賑やかな酒盛りをやっていたが、そのうちの一人が山の上にかかる名月に眼を止めると、他もこれに釣られ出し、皆しばらく名月に吸い込まれてしまった。居合わせたスイス人が、この座の雰囲気に驚き、「今夜の月には何か異変があるのか」と怪訝《けげん》な面持ちで質問したという。

小林は、こういう自然への感じ方を、近代化し合理化した現代の文化の中で言う場合、ひどく馬鹿げた恰好になるとしながら、こう言っている。

新しい考へ方を学べば、古い考へ方は侮蔑できる、古い感じ方を侮蔑すれば、新しい感じ方が得られる、それは無理な事だ、感傷的な考へだ

かつて俳句の古典性をさんざん排撃したモダニストぶりはどこへやら、自身の俳句を芭蕉につらなるものだと言い出した山口誓子（『現代俳句ハンドブック』）や、前衛の精神や態度は今も大切だと政治家のようなレトリックを弄しながら、晩年一茶に耽溺した金子兜太（『荒凡夫一茶』）らの、変転し去った姿を知るに及んで、かつてこの二人を教祖として、古典を「侮蔑」し、新しさに狂奔した流れは、小林秀雄が抉ってみせる、「感傷」の成れの果てだと思い知らされるのである。

白椿落ち際の錆まとひそめ　　能村登四郎
山椿さはに見たりき利休の忌　　森澄雄
底紅や俳句に極致茶に極致　　阿波野青畝

補説4　俳句の滑稽と〈漢文脈〉

なぜ「漢文」でなく「漢文脈」か

漢詩はほぼ死に絶えた文芸だ。一昨年七月亡くなられた、この道のオーソリティで、自身漢詩を詠まれる石川忠久先生の授業に、大学院生時代出たことがある。『唐詩選』が全部頭に入っておられ、漢詩の評釈の最後には、先生一流の節回しの朗詠をされ、再度中国語で吟じ終えて、「いい詩だな」で決めるのがお定まりだった。「まあ、いい思想だな」とはならないよね、と授業の後に、悪友とまぜっかえした覚えがある。

明治の作家のペンネームが、鷗外・漱石・子規・露伴等々、漢詩文にルーツを持つものだったのに対し、大正になると、芥川龍之介・高村光太郎・萩原朔太郎と変貌する時点で、漢詩は生きた文学ではなくなったことがわかる。漢詩の投稿欄が新聞から消えるのは大正期だ。俳句界に眼を転じれば、この手の大正風の俳号を使いだしたのは、中村草田男であったことが見えて来るし、本人に漢詩の教養がなくても、4Sの俳号はまだまだ漢詩の匂いが漂う。俳句は周回遅れの文学という面は否めない。

さらに言えば、星野立子・上野泰といった昭和に入っての虚子門の実名作家が、今の先駆けであったことも見えてくる。ただし、高濱年尾は漢詩人でもある子規の命名なので、扱いは難しい。そう言えば、立子も虚子が数えで三十歳の時の生まれに際し、『論語』の而立編から引いた男っぽい命名ではある。

父がつけしわが名立子や月を仰ぐ　　星野立子

つまり、意識・無意識の別なく日本語が背負う〈漢文脈〉に眼を向けた時、そこには幾多の発見があることが予想されるのだ。

漢文は言文一致以降、衰えたのか、日本文化の基盤として生き続けているのか。そういう二項対立は一旦おいて、古い文体としてではなく、現代に活かす古典の知恵だけでもない、「もう一つのことばの世界」としての〈漢文脈〉の眼から、俳句を見つめ直してみよう。

そもそも漢詩文によって構築された、日本語の中の表現、その背景にある文化の体系の問題抜きに、短詩型文学、特に俳句は語れない。芭蕉の正風が、漢詩文の引用をする実験時代を通して生まれたことや、蕪村の修辞や発想が漢詩から来ていることは常識の世界だし、生涯漢詩を詠んだ子規の革新もまた、漢詩文抜きには語れない。

俳句は短歌と違って、下五から逆転して詠むことが可能だし、そういう読み方を要請するものが多い。特に俳諧の時代の、切れの強い発句はその色が濃い。芭蕉の

古池や蛙飛こむ水のおと

にしても、「水のおと」を読んでから、自ずと上五・中七を反芻するものだから詩として成り立っている。外山滋比古が『省略の詩学』で、俳句は本質的に返り点のある漢詩文に近いと見切った発言をしているのは、慧眼《けいがん》なのである。

男なのに、なぜ「虚子」「秋櫻子」「誓子」？

一昨年の十一月、NHKの番組「歴史探偵」で正岡子規が特集され、スタジオで私が解説をした。司会は俳優の佐藤二朗さん。その頃、俳号の問題を考えていたので、ふといい俳号を思いついてしまった。「二朧」。名前をもじるのは、俳号ではよくある手である。

高濱清は「虚子」、山口新比古《ちかひこ》は「誓子」、そして高橋行雄は「鷹羽狩行」。俳はふざけ、ユーモアの意味だから、平凡な名前を逆手にとるのである。「「二つの朧」って何？」と聞かれれば、この名前、一見カッコイイが、実は二朗さん、目が細くって表情が「朧」だし、お酒好きなので頭の中も時々「朧」だから、という落ちがつくわけである。

「虚子」「秋櫻子」「誓子」って、女性でもないのに、なんで「子」をつけるのか、という、漢詩文の文化から遠ざかった現代人には当然の疑問を最近は耳にする。実は漢文世界では、「子《シ》」は、学問・人格のすぐれた者の名に付ける敬称だった。「孔子」「老子」「朱子」といった中国の影響力の大きかった学問を修めた人たちを想起すればよい。「虚子」以下の俳号は、これのパロディーなのである。

姓名は何子《なにし》が号は案山子哉　蕪村

立派な学問などやらず、俳句の遊びに熱中している人間が、「子」を名乗る滑稽こそ俳句のセンスである。俳句雑誌『ホトトギス』に連載された『吾輩は猫である』の登場人物など、漱石自身を当て込んだ苦沙弥先生、美学者迷亭等々戯号のオンパレードである。主治医で哲学者の甘木先生は、縦書きにすれば某先生と読める。権威のある号の世界を、反転した可笑しさに溢れるが、反転は反逆ではない。

俳句仲間も、孔子の弟子たち同様、賢人サークルの匂いがする。子規の句会は、漢学書生風に参加者は平等に互選を行い、句と選について議論を行った。兄貴分の子規も「先生」とは呼ばず、「君」に近い感覚で「子規子」と呼んだ。はては『論語』のような真理の書物を、大学のゼミよろしく読んで議論する「会読」の方法まで俳句に持ち込み、「蕪村句集講義」という座談会を、『ホトトギス』で連載している。「子」は、漢詩文世界の同好の士の感覚を根底に持ちつつ戯れた呼び名だったのである。

二三子や時雨るる心親しめり　虚子
二三子や時雨るる心親しめりと　京極杞陽

「二三子」の出典は、『論語』述而編の「子曰く、二三子我を以て隠せりと為すか。吾は隠す無きのみ。吾行うとして与《とも》にせざる者無し。是れ丘なり」によるのだろう。かいつまんで言えばこうである。孔子先生がおっしゃった。「あなたたちは私が（学問について）隠しごとをしているというのですか。私は隠すことなどない。私にはあなたたちと共に行わないことなどありません。それが私なのです」。——孔子も、子規子も、虚子も共に学ぶ仲間なのだ。

漢語の気分

句会で、漢詩由来の漢語を使った句を出して見た時のこと、

「気取ってますね」

と言われた。即座に

「品を良くしようとしただけなんですよ」

と脳裏には浮かんだが、「貴方は下品だと」という含意を以て受け取られる怖れもあり、呑み込んだ。

「小川軽舟さんという同世代を代表する俳人がいますが、あの号も漢詩由来のはずで、あの方のことも「気取っていますね」と斬るもりですか？」

とますます穏やかではない台詞が浮かび、十年経ってもその記憶は残り、今こうして思い返して書き付けている執念深さは、我ながら始末に悪いと思う。私の学生時代のあだ名の一つに、「モニター」というのがあった。

蕪村の有名な、

牡丹散て打重なりぬ二三片

という句がいい例だ。漢詩由来の詩語は、「気取り」なのか「品格」なのか。

牡丹のようなゴージャスかつ、華麗な花を正面から詠むのは、俳句の短さから言って無理がある。そこで、蕪村は、腐っても鯛ならぬ、散っても牡丹と変化球を投げてきた。これは俳句の本道である。しかし、視点の意外性だけで蕪村は満足するような小物ではない。牡丹本体の色気を出すべく、女性が服を脱いでそれが重ねてうち敷かれているような表現を中七に持ってきた。平安朝の十二単《ひとえ》の色襲《かさね》を連想させる言葉で、ここからは濃厚な色気が漂ってくる。

そこで蕪村は、上五に字余りの「牡丹散て」、下五に「二三片」と、共に漢語調を持ってきて句を引き締め、凛とした品格でくるんだ。こういうのを「気取り」の一言で切ってしまうなら、最上級のパティシエのスイーツを、その辺の饅頭の感覚で判断するようなものであろう。

現代で、このような繊細な句作りをされるのは、片山由美子さんだと思う。

花の色とはうすべにか薄墨か

仮名と漢字の表記の使い分け、句またがりのリズムによる揺蕩う感じ。漢語ではないが、漢字のイメージたる「薄墨」が下にくるから、「うすべに」の色気が引き立つのだ。漢語系は、俗になりそうな題材を詠むとき、それを緊張感のある言葉やイメージで引き締め、そのことが俗を美に磨き上げるのだ。

蕪村は、芭蕉の弟子でも都市系の俳諧を率いた其角の流れに位置する。地方は、芭蕉の「かるみ」を見たまんま俳句にすり替え、マニュアルや人生教訓書まで作って「結社」を組織していった支考が制覇してゆく。近代ならこの両方をうまく使い分けたのが、虚子ということになる。

俳句の歴史は、常に大衆化と先鋭化のせめぎ合いである。そして、先鋭化に寄与した文学的資源としては、漢詩文そのものか、漢詩文的なるものが必ず数えられる。

主要人名および作者別引用句索引

芥川龍之介　22　165
阿波野青畝　54
底紅や俳句に極致茶に極致　164
飯田蛇笏
くろがねの秋の風鈴鳴りにけり　116
池内たけし　129　132　133　134
仰向きに椿の下を通りけり　128
石田波郷　42　69　83　85　117　140　161
花ちるや瑞々しきは出羽の国　42
降る雪や襖をかたく人の家に　40
胸の手や暁方は夏過ぎにけり　82
稲畑汀子　27　132　133　134　135
今日何も彼もなにもかも春らしく　20
コスモスの色の分れ目通れさう　133
どちらかと云へば麦茶の有難く　132
昼寝するつもりがケーキ焼くことに　132
今瀬剛一　161
上野洋三　88　89
エリオット　150
小川軽舟　21　143　170
川床に座布団枕許されよ　143
尾崎紅葉　19
自堕落や朝飯おそき白魚鍋　18
恩田侑布子　16
カール・シュミット　119
櫂未知子　124
颱風が残してゆきし変なもの　49
春は曙そろそろ帰つてくれないか　123
片山由美子　132　171
山茶花やいま掃かれたるごとき庭　26
ためらはず雨の茅の輪をくぐりけり　157
花の色とはうすべにか薄墨か　126　171

加藤楸邨 42 69 117 138 139 140 143
鰯雲人に告ぐべきことならず 26 42
雉子の眸のかうかうとして売られけり 114
木の葉降りやまず急ぐな急ぐなよ 138
角川源義
ロダンの首泰山木は花得たり 26
金子兜太 145 147 160 164
川端茅舎 54 55 56 58 59 60 61 97 99 118 119
一枚の餅のごとくに雪残る 60
鶯の声澄む天の青磁かな 60
金剛の露ひとつぶや石の上 58
時雨来と水無瀬の音を聴きにけり 55
春宵や光り輝く菓子の塔 60
白露に阿吽の旭さしにけり 57
ぜんまいののの字ばかりの寂光土 60
ふくやかな乳に稲抜く力かな 96
雪の上ぼつたり来たり鶯が 118

川本皓嗣 41 136
岸本尚毅 27 47
京極杞陽 70
居眠れる乙女マスクに安んじて 70
浮いてこい浮いてこいとて沈ませて 70
ががんぼのタップダンスの足折れて 70
黒髪の冷き棺に崩折れて 70
二三子や時雨るる心親しめりと 168
清崎敏郎 84 85 86 87
母の日の八十路の母は何欲しき 85
一握りとはこれほどのつくしんぼ 85
催してきては添水の音を刎ね 87
雪の上に樹影は生れては消ゆる 84
草間時彦
形代や水なめらかになめらかに 159
葛切やすこし剰りし旅の刻 159
盆点前庭面いよいよ茂りたる 159

久保田万太郎　10, 16, 80
大船の戸塚の不二の二月かな　15
枯笹に風鳴るばかり二月かな　15
枯藪をうつせる水も二月かな　14
砂みちに月のしみ入る二月かな　15
爪とりて爪のつめたき二月かな　15
長羽織著て寛濶の二月かな　15
波を追ふ波いそがしき二月かな　15
ひろがりしうはさの寒き二月かな　15
ふゆじほの音の昨日を忘れよと　142
ぺりかんのうづくまりたる二月かな　15
道のはてに荒るる海みえ二月かな　15
夕月のみるみるしろき二月かな　15
をちこちに松かぜおつる二月かな　15
後藤比奈夫
眉上げて吉祥天女春の絵馬　63
小林秀雄　163, 164
西行　54, 56, 103
佐佐木信綱　47
佐々醒雪　38
芝不器男　16
人入つて門のこりたる暮春かな　13
千利休　146, 147, 157, 162, 163
高木晴子
群れ咲いて二人静といふは嘘　66
高野素十　54, 110
街路樹の夜も落葉をいそぐなり　109
鷹羽狩行　42, 45, 69, 167
叱られて姉は二階へ柚子の花　65
高濱虚子　16, 20, 24, 25, 26, 27, 40, 42, 47, 48, 53, 54, 68, 69, 70, 71, 74, 77, 78, 80, 86, 90, 91, 94, 95, 98, 103, 106, 107, 108, 109, 110, 128, 129, 135, 140, 143, 148, 154, 162, 165, 166, 167, 169, 171
老い人や夏木見上げてやすらかに　78
朧夜や男女行きかひ〱て　67
親心静かに落葉見てをりて　68

垣の竹青くつくろひ終りたる　107
崖ぞひの暗き小部屋が涼しくて　68
鴨の中の一つの鴨を見てゐたり　107
枯菊に尚ほ色といふもの存す　77
川を見るバナナの皮は手より落ち　140　147
来し人の我庭時雨見上げたる　107
葛水に松風塵を落とすなり　109
この庭の遅日の石のいつまでも　52
子を守りて大緑陰を領したる　107
咲き満ちてこぼるる花もなかりけり　89　147
静かさは筧の清水音たてて　86
春水をたたけばいたく窪むなり　109
たらたらと藤の落葉の続くなり　109
遠山に日の当りたる枯野かな　115
とはいへど涙もろしや老の春　86
二三子や時雨るる心親しめり　168
初空や大悪人虚子の頭上に　78
初夢の唯空白を存したり　107
羽子をつく手をとめて道教へくれ　135
帚木に影といふものありにけり　74
母を呼ぶ娘や高原の秋澄みて　68
はらはらと月の雫と覚えたり　107
春の水流れ流れて又ここに　78
東山静かに羽子の舞ひ落ちぬ　128
風雅とは大きな言葉老の春　86
冬枯の庭を壺中の天地とも　154
冬ぬくし老の心も華やぎて　68
蛍火の今宵の闇の美しき　46
立秋の雲の動きのなつかしき　46
我のみの菊日和とはゆめ思はじ　86

高濱年尾　132　165
紫は水に映らず花菖蒲　128

高柳重信　160

高山れおな　41

外山滋比古　150 151 167
永井龍男　111
中村草田男　26 42 69 80 92 93 94 95 165
あたたかき十一月もすみにけり　92
父の墓に母額づきぬ音もなし　92
蟾蜍長子家去る由もなし　92
萬緑の中や吾子の歯生え初むる　94 114
降る雪や明治は遠くなりにけり　25 28 39
中村汀女　71 72 73 74 75 77 78 79 110 111 134
あはれ子の夜寒の床の引けば寄る　51
地階の灯春の雪ふる樹のもとに　72
手にありしもの手袋や暖かに　74
短夜のほそめほそめし灯のもとに　73
中原道夫　156
尾を嚙める天井の蓋夏越かな　156
夏目漱石　165 168
西村和子　53 84 85 87
露けしや我が真言は五七五　27
店の灯の照らす限りの緑雨かな　50
仁平勝　8 40 69
沼波瓊音　28
能村登四郎　161
白椿落ち際の錆まとひそめ　164
春ひとり槍投げて槍に歩み寄る　63
逝く吾子に万葉の露みなはしれ　141
梅室　156 157
えぼし着た心でくゞる茅の輪かな　156
橋本多佳子　125
忌に籠り野の曼殊沙華ここに咲けり　125
野火に向ひ家居の吾子をわが思へり　124
羽子つよくはじきし音よ薄羽子板　124
薔薇欲しと来つれば花舗の花に迷はず　124
雪はげし抱かれて息のつまりしこと　125
芭蕉　11 19 20 21 22 23 26 38 39 42 48 61 64 67 68 72 88 89 90 94 108 117 123 131 137

138 139 140 141 142 144 145 147 152 160 163 164 166 171
うき我をさびしがらせよかんこ鳥 142
鶯や柳のうしろ藪の前 18
海くれて鴨のこゑほのかに白し 144
笈も太刀も五月にかざれ紙幟 137
面白てやがてかなしき鵜ぶね哉 64
辛崎の松は花より朧にて 67 131 144
砧打て我にきかせよや坊が妻 142
草の戸も住替る代ぞひなの家 144
西行の庵もあらん花の庭 56
五月雨の空吹き落せ大井川 136
蛸壺やはなかき夢を夏の月 41
塚も動け我泣声は秋の風 88 137
夏の月ごゆより出て赤坂や 22
芭蕉野分して盥に雨を聞く夜かな 123
古池や蛙飛こむ水のおと 112 115 166
山路来て何やらゆかしすみれ草 66
山里は万歳おそし梅の花 37
行春を近江の人とおしみける 113
よく見れば薺花咲く垣ねかな 113
義朝の心に似たり秋の風 56

原石鼎

秋風や模様のちがふ皿二つ 25

日野草城 80 81 83 85

枕辺の春の灯は妻が消しぬ 80

深見けん二

一蝶の現れくぐる茅の輪かな 157

藤田湘子 21 23 104 109 139 140 143

愛されずして沖遠く泳ぐなり 139
柿若葉多忙を口実となすな 139
筍や雨粒ひとつふたつ百 7
物音は一個にひとつ秋はじめ 21

蕪村 63 64 72 76 78 108 109 142 143 166 168 170 171

うき我に砧うて今は又止みね 141

姓名は何子が号は案山子哉 168
牡丹散て打重りぬ二三片 62 170
菜の花や月は東に日は西に 73
春の夜や宵あけぼのの其中に 73
ほととぎす平安城を筋違に 73

別宮貞徳 121

ボードレール 149

星野椿 134

星野高士 133
立秋や机の上に何もなし 26

星野立子 20 21 71 73 75 76 77 78 79 104 108 109 110 111 133 134 165 166
美しき帰雁の空も東の間に 75
美しき緑走れり夏料理 75
枯れて行く黄菊は茶色白は黄に 76
コスモスの花ゆれて来て唇に 133
しんしんと寒さがたのし歩みゆく 110
大仏の冬日は山に移りけり 20
旅なればこの炎天も歩くなり 110
父がつけしわが名立子や月を仰ぐ 166
ひらきたる春雨傘を右肩に 134
見つつ来て即ち茅の輪くぐるなり 110
紫の流行りて来り暖かに 77
桃食うて煙草を喫うて一人旅 110
夕日いま高き実梅に当るなり 109
夕鵙のうしろに叫び月前に 76
ラヂオつと消され秋風残りけり 134
吾も春の野に下り立てば紫に 134

凡兆
市中は物のにほひや夏の月 20

正岡子規 10 14 20 30 50 65 72 73 117 123 124 143 148 156 157 165 166 167 168 169
柿くへば鐘が鳴るなり法隆寺 116
黒キマデニ紫深キ葡萄カナ 122
春や昔十五万石の城下哉 124
糸瓜咲て痰のつまりし佛かな 65

若鮎の二手になりて上りけり　49

松本たかし　54　55　96

雨音のかむさりにけり虫の宿　99

一円に一引く注連の茅の輪かな　157

いつしかに失せゆく針の供養かな　97

蝌蚪生れて未だ覚めざる彼岸かな　64

枯菊に虹が走りぬ蜘蛛の糸　77

鍬音の露けき谷戸へ這入り来し　99

凧の影走り現る雪の上　99

玉の如き小春日和を授かりし　101

遠萩にただよふ紅や雨の中　100

とつぷりと後暮れゐし焚火かな　96

吹雪きくる花に諸手をさし伸べぬ　103

朴の木の忘れし如く落葉せる　100

ほのぼのと泡かと咲けり烏瓜　102

炉ほとりにさす春日とはなりにけり　102

水原秋櫻子　11　12　43　54　92　140　143　167

獅子舞は入日の富士に手をかざす　43

森澄雄

山椿さはに見たりき利休の忌　164

山田佳乃　70

山口誓子　11　12　16　42　43　45　54　69　82　83　84　85　86　92　96　98　117　125　160　164　167

臼を碾きやみし寒夜の底知れず　96

炎天の遠き帆やわがこころの帆　43

夏の河赤き鉄鎖のはし浸る　114　117

やさしさは殻透くばかり蝸牛　82

山口青邨

日輪は胡桃の花にぶらさがる　43

山田孝雄　38　39　56

山本健吉　10　14　42　58　59　92　93　96　99　100　139　145　146　150　160　161　163

渡部泰明　157

あとがき

俳句とのご縁も四半世紀近くになりました。一九九九年、恩師の大輪靖宏先生に、「こんど句会を始めるから、お前も来るよな」と、声をかけられた、強制的なスタートであったのでした。それが、今「すはえ」と名を改めている上智句会のはじまりです。『若葉』の主宰になったばかりの鈴木貞雄さんも、初回から指導に来て下さいました。虚子記念文学館の開館の頃、大輪先生に連れられ、稲畑汀子先生に引き会わされたことも印象に残っています。しかし、最初の十年は、正直および腰でした。

本腰を入れ始めたのは、二〇〇九年、角川『俳句』誌で「子規の内なる江戸」の連載を開始してからでした。ちょうどその頃、大輪先生も日本伝統俳句協会とのご縁が深まり、坊城俊樹さん、今井肖子さん、阪西敦子さんたちの参加する句会の幹事役をやらされたことも、今思えば転機でした。

二年間の連載は、三・一一の年に本になり、日本伝統俳句協会の役員を仰せつかるようになってからは、近代俳句が私の専攻分野に加わり、正岡子規や山本健吉の評伝、それに高濱虚子の研究書を出すようになりました。俳縁は広がり、ここにいちいち名前を挙げられないほど、多くの俳人・俳文学者の方々から学ばせて頂きました。

今は、俳句総合誌の四誌すべてに連載を抱える身です。ただし、私は世間で言う「俳人」と名乗るほど、作品で勝負してきた人間ではありません。作品の数はそれなりに積みあがってきましたが、句集も出してはいません。

そんな私が、俳句の実作を前提とした、この本を書くについては、一言お断りしておかねばなりません。野球の世界では、名選手が必ずしも名監督・名コーチとは限らないということです。俳句の世界も、作品でお弟子さんたちを引っ張っていく構造が厳としてあります。それは当然のことで、そこに疑いを差し挟むつもりは、さらさらありません。

ただし、研究・評論をやってきた立場からすると、もう少し俳句の指導を論理的に、根拠や例証を挙げてできないものかという考えが、生意気にも頭をもたげてきました。つまり、この本は、句会の現場で俳句の指導者から言われる注意を、補足し、強化し、その理解を深めるための本だと位置付けています。

「はじめに」でも書きましたが、私も俳句の指導をやるようになったのですが、私の指摘する注意事項をメモして、それをもとに自選してきた「初心者」は、たちまち上達を遂げました。本書の元となる連載を書いていくうちに、句会で、プロのレベルの方とお手合わせする時、その方の練達の句を見いだし、評することもできるようになりました。逆に練達の方に句を採って頂く確率も、かなり高くなりました。自分で言うのもなんですが、ゴルフでいう、「レッスン・プロ」の域には近づけたかな、と思う次第です。野球界でも、選手生活を終えてから、大学や大学院を出て、コーチや監督になる人が出てきました。

この最近の経験が、連載をまとめて世に問おうとした動機です。俳句に本腰を入れ始めた十五年ほど前、この道五十年の俳人の方と句会をご一緒した折、その方は「まあ、理屈っぽい人ね」と後で漏らされた、とうかがいました。実際そうだったと思いますし、今も私の本質は変わりません。そんな私でも皆さんの俳句生活に少しはお役に立てるものがあるのではないか。ささやかな体験から本書を書こうと思ったわけです。

井上　泰至

二〇二三年秋

著者略歴

井上　泰至（いのうえ・やすし）

1961年　京都市生まれ。

日本文学研究者。日本伝統俳句協会副会長。防衛大学校教授。

俳句関係の著書に『子規の内なる江戸』（角川学芸出版）、『近代俳句の誕生』（日本伝統俳句協会）、『俳句のルール』（笠間書院、編著）、『正岡子規』（ミネルヴァ書房）、『俳句がよくわかる文法講座』（共編、文学通信）、『山本健吉』（ミネルヴァ書房）。

俳句《はいく》のマナー、俳句《はいく》のスタイル

二〇二四年一月三十一日　初版発行

著　者　井上　泰至
発行者　奥田　洋子
発行所　本《ほん》阿《あ》弥《み》書店
東京都千代田区神田猿楽町二―一―八　三恵ビル
〒一〇一―〇〇六四
電話　〇三（三二九四）七〇六八
印刷製本　日本ハイコム株式会社
定　価　一八七〇円(本体一七〇〇円)⑩

ISBN978-4-7768-1661-4 C0095 (3377)